亡霊の柩

吉田恭教

Yoshida Yasunori

本格M.W.S.

南雲堂

亡霊の柩

亡霊の柩　目次

造本装幀
岡 孝治

写真
© Hiroko / PIXTA（ピクスタ）
© Creartion /Shutterstock

亡霊の柩

プロローグ

二〇一二年　一月十七日――
東京都狛江市《こまえし》

首都高速を降りて一般道に入ると小雪が舞い始めた。低気圧の接近で今晩から風が強まると気象予報士は話していたが、どうやらその予報が当たったらしい。

やがて、「あれ？」とタクシーの運転手が言った。「お客さん。警察車両が集まってますよ」

遥か彼方で無数の赤いライトが明滅している。狛江市東和泉のスナックで、狛江市に縄張りを持つ暴力団・極星会《きよくせいかい》の構成員が射殺されたという連絡を受けたのは三十分前だった。どうしてすぐに身元が分かったかというと、スナックのママと射殺された男が内縁関係にあったからである。現場に最初に駆けつけた狛江署刑事課の捜査員に、『殺されたのは内縁の夫で、極星会の組員です』と説明したそうだ。

拳銃が使われたのだからヤクザの抗争の可能性もあるが、食欲が失せるような無残な遺体でないことを祈りたい――。

「あの手前で止めて下さい」

そう答えた槙野康平《まきのこうへい》は、ジャケットの内ポケットから財布を出した。

白い息を吐きつつタクシーを降り、規制線の前に立つ制服警官に警察手帳を提示する。

「組織犯罪対策部《そたい》の槙野です」

「ご苦労様です」

風になびく規制線を潜った矢先、四角い顔の男が酷《ひど》い鼻声で「先輩！」と声をかけてきた。後輩の堂島《どうじま》だ。ひと足先に到着したらしい。

「早いな」

「たまたま近くにいたもんですから——」

「捜一《そういち》の連中はきてるか？」

「まだです。連中との合同捜査になるんでしょうか？」

「どうだかな？　殺しだから、あっちにこの事件《ヤマ》を持って行かれるかもしれねぇぞ」過去に二度、そんなことがあった。普通の殺しとヤクザ絡みの殺しは性質が違うことが多く、だから捜一とは捜査方針でモメることが多々ある。普通の殺しは捜一、ヤクザ関連の殺しは組対に分ければいいと思うのだが——。「死体《まんじゅう》はどんな状態だ？」

「酷いもんですよ。あっちです」

酷い？　願いは天に届かなかったか。捜査用の白い手袋を嵌《は》めて堂島の背中を追った。

警察関係者の中を進むと、現場となったスナックに辿り着いた。店舗形式の造りで、両隣は弁当屋とクリーニング屋だ。開け放たれたドアの向こうからカメラのシャッター音が漏れ、フラッシュも瞬く。

顔見知りの鑑識職員に「ごくろうさん」と声をかけ、現場に踏み入った。

まず視界に飛び込んできたのは蜂の巣となって床に横たわる死体で、血の海に浮かんでいた。顔面に複数の銃創《じゅうそう》があり、右の眼球も打ち抜かれている。胸部や腹部、下腹部にもかなりの数の着弾痕が見て取れ、思わず「酷《ひで》ぇな」の声が漏れた。

「でしょう？」と堂島も相槌《あいづち》を打つ。

「だが、なんとか顔の判別はできそうだ」遺体の顔を覗き込んだ。カマキリを連想させる面相である。「知らねぇ顔だな」

「そいつの名前は桑田、極星会の若頭補佐だそうです」

「で、どんな状況だったって？」

「この店のママの証言だと、桑田が歌っているとサングラスとマスクをした男が入ってきて、桑田に向かっていきなり発砲したらしいです。それで桑田は顔面から血を吹いてブッ倒れたって。それから男は、倒れた桑田を撃ちまくったそうですよ」

「これだけ弾を打ち込んだってことは、拳銃はオートマチックか」

リボルバーなら装弾数は五発か六発で、弾の再装填に時間を食う。人を殺しにきた人間がそのリスクを考えないはずはない。

「はい、ママがそう証言したそうです。マガジンを取り替えて全弾打ち尽くしたって。さっき数えたら、全部で十六発打ち込まれていましたよ。ああ、それと——。銃撃を終えた男はマスクを外して、桑田に唾を吐いたそうです」

「唾棄《だき》した？」個人的な恨みか？　情報は入っていなかったがヤクザ同士の抗争か？「その後、男は？」

「またマスクをして店を出て行ったそうですが、ママもアルバイトのホステスも、恐ろしさのあまりに店を出られなかったって」

「まあ、無理もねぇか。捜一がくる前に目撃者達から直接話を訊く。どこにいる？」

「ママは外のワンボックスカーに。ホステスは錯乱状態になっていたそうで、今は病院に」

目前でギャング映画さながらの光景が繰り広げられたのだからトラウマになるだろう。気の毒に。

「お前はそのホステスから話を訊いてこい。俺はママから話を訊く」

外に出て首を巡らせると、パトカー群の向こうにワンボックスカーがあった。後部ドアの前には私服の男がいる。狛江署の捜査員に違いない。

ワンボックスカーまで足を運び、その男に身分と氏名を告げた。

「ご苦労様です」男が敬礼した。「通報者は中にいます」

その声に頷いて助手席後ろのスライドドアを開けた。シートに座っているのはマスカラを滲《にじ》ませたバタ臭い顔の女で、ハンカチを握り締めた手を小刻みに震わせていた。髪もほつれたままだ。歳は三十代半ばといったところか。

身分を告げて彼女の隣に尻を沈めた。

「この度はお気の毒でした」

死んだのはヤクザだから気の毒でも何でもないが、一応、形式的にそう言った。

ママがハンカチを目に当てて頷く。

「桑田さんが歌っていると、男が入ってきていきなり発砲したそうですね」

「はい……。マスクとサングラスをした男でした」

「桑田さんに唾棄までしたそうですすが？」

「ええ――」

「ということは、一度マスクを外したことになります。顔の特徴は？」

「分かりません。桑田に唾を吐くとすぐにマスクをしましたから――」

「身長と体型は？」

「背は高かったような気がします。一八〇センチ以上あったような――。体型はやせ型だったかしら？」

「声は？　何か言いませんでしたか？」

「いいえ。一言も――」

これでは特徴も摑めない。

「拳銃、素手で握ってましたか？」

「黒い手袋をしていました」

「桑田さんが誰かに恨まれていたという話は？」

ヤクザだから恨んでいる人間は星の数ほどいるだろう。愚問だと分かっているが、これも職務だ。

「分かりません」

「他の組とモメてたってことは？」

「聞いていません」ママが洟《はな》を啜《すす》る。「まだ事情聴取はかかるんですか？　桑田のそばにいてやりたいんですけど」

あの状態なら司法解剖はナシだ。となると、遺体は捜査本部が置かれるだろう狛江署の遺体安置室に運ばれるに違いない。

「私の事情聴取は終わりですが、このあと、捜査一課の事情聴取があります」

ママが溜息を漏らす。

「それが終わったら、狛江署の遺体安置室に行って下さい。それでは」

ワンボックスカーを出て射殺現場に戻ろうとすると、坊主頭の班長と出くわした。

「ご苦労様です」

何故か返事がない。そればかりか、班長がいつになく険しい表情で槙野を見る。

「どうしたんです？」

「明後日、お前の査問会が開かれる。それまで自宅で謹慎していろ」

「え？」

「家に帰れと言ってるんだ！」

理由を尋ねる間もなく、班長が現場に向かって歩いて行く。槙野はただ茫然《ぼうぜん》と、班長の背中を見つめることしかできなかった。

第一章

二〇一七年　十一月十日　金曜日　午後二時——

東京都北区十条

アラビア調のラブホテルの出入り口を凝視していると、助手席のドアが開いた。どうやら交代の時間になったようだ。続いて、「ご苦労様です」と鈴を転がしたような声がかかり、槙野は視線を助手席に向けた。左の頰に笑窪《えくぼ》があるポニーテールの女が乗り込んでくる。助手の早瀬未央《はやせみお》だった。白いキュロットスカートから伸びる脚は、相も変わらず恐ろしいほどの美しさである。

早瀬が、シートに腰を沈めてレジ袋を差し出してきた。

「缶コーヒー買ってきました」

「悪いな」

レジ袋を受け取って中の缶コーヒーを摑んだ。

早瀬がラブホテルを見ながら、「どうですか？」と訊く。

「入って二時間だ」

三日前から浮気調査を始め、今日の昼過ぎになってようやく、調査対象者の主婦が動き出した。そしてタクシーに乗ってこの近くまで移動し、男と合流してホテルにしけ込んだ。二人がホテルに入って行くところはバッチリ撮ったから、あとは出てくるところを撮れば調査は終了。

「俺は事務所に戻る。あとは頼んだぞ」

「はい」

こんなに綺麗な女がどうして探偵なんかやっているのか？　未だにその謎は解けないものの、早瀬がようやく探偵らしくなってきたことは事実だ。最初はモノになるだろうかと心配したが——。

そういえば、こっちも探偵になってそろそろ六年になるか。不祥事を起こして刑事の職を追われ、泣きっ面に蜂で前妻にも去られ、どん底にいた時に僅かに射した光明が探偵という職業だった。その光明を与えてくれたのがかつての上司の鏡博文《かがみひろふみ》で、『よかったら鏡探偵事務所《うち》にこい』と声をかけてくれたのだった。

車を降りて最寄りの駅まで歩いた。

それから四十分ほどで丸ノ内線中野新町駅に到着したのだが、外に出た途端に携帯が鳴った。早瀬からだ。

「どうした？」

《出てきました。写真も撮りましたよ》

「了解。それなら戻ってこい」

そう伝えて通話を終えた。今回は楽な調査だった。毎回こうならいいのにと独りごち、事務所に足を向けた。

事務所のガラスドアを開けると、事務員の高畑《たかはた》が「お帰りなさい」と声をかけてきた。相変わらず今日も化粧が濃い。目元のファンデーションがひび割れないかと心配になるほどだ。所長の鏡はというと、自分のデスクで新聞を読んでいた。鬼瓦の面相はいつものことだが、今日は不機嫌な表情を浮かべている。

「所長。素行調査の方は？」

「昼前に終わったよ。だけど、世も末だな」

「何かあったんですか？」

「対象者のことだ。ありゃあ間違いなく主婦売春だな。午前中だけで二人の男と会って、いずれもラブホに入って行きやがった。主婦は家を守るもんだろ。それが売春とは――。中学生の子供もいるってのに」

鏡が吐き捨てるように言う。

それで機嫌が悪いということか。

「それよりお前の方は？」

「早瀬と交代したんですが、さっき、証拠写真を撮ったと連絡が」

ざっと説明して自分のデスクに陣取り、ノートPCを立ち上げた。これから報告書作りだ。

すると高畑が、「所長。そろそろこられるんじゃありませんか？」と言った。

鏡が腕時計を見る。

「そうだな。コーヒーの用意しといてよ」

「クライアントですか？」

「そうだ。神谷《かみや》さんの紹介だって言ってたけどな」

「神谷さんって、あのバイオリニストの？」

「ああ――」

あの時の調査を思い起こした。あれは厄介な調査だったが、今回はそうならないことを祈りたい。

それから間もなくして事務所のドアが開き、小柄な初老の女性が入ってきた。質素を絵に画いたような出で立ちで、グレーのカーディガンに黒いロングスカート、白いニット帽。化粧っ気は殆どなく、シミが目立つ顔に薄いローズの口紅だけを差している。

「松本《まつもと》と申します」

「いらっしゃいませ」

愛想良く応対した鏡が、揉《も》み手しながら松本という女性に近寄って行く。

どうやらこの女性がクライアントらしい。

それから三人で応接セットに移動して、まず、自己紹介となった。鏡と槙野が差し出した名刺をクライアントが手に取る。

「神谷さんのご紹介ということですが？」と鏡が言った。

「はい。神谷さんは時々、うちの施設でボランティアコンサートをして下さるんです」

「施設？」

「涼風園《すずかぜえん》という児童養護施設です。私はそこの園長をしておりまして」

「じゃあ、子供達のために神谷さんが」

「そうなんです。毎回、素晴らしい音色を奏でて下さって、本当に感謝しています」

天才と謳《うた》われる盲目のバイオリニストだ。子供達も幸せだろう。そういえば、一度も生の演奏を聴けなかった。

「神谷さんが、どうして当探偵社のことをあなたに？」

鏡が質問を続ける。

「先日のことなんですが、神谷さんが演奏の合間にとても面白いお話をして下さったんです。四半世紀以上も前に経験した出来事の真相が、最近になってようやく判明したと――」

あの調査のことか――。

「大変興味深いお話でしたが、神谷さんは最後に、素晴らしい探偵さんのお陰で長年の疑問が解けたと仰《おつしや》っていました。それで、私も気にかかっていることがあったものですから、その探偵さんを紹介して下さいとお願いしたんです。そんなわけで、こちらにお伺いした次第でして――」

「なるほど。で、どういったご依頼でしょう？」

「卒園者を探していただきたいんです。行方が分からなくなってしまって……」クライアントがショルダーバッグから写真を出し、テーブルに置いた。「この子なんです。名前は五十嵐靖男《いがらしやすお》、数字の五十に嵐、靖国の靖に男と書きます」

鏡に続き、槙野も写真を見た。

五十嵐はずんぐりしていて、赤い乗用車の横で微笑んでいる。半袖の青いポロシャツと白い短パン、デッキシューズといった服装だが、顔は豚鼻で唇も分厚く、頬にはニキビ痕もあってはっきり言って醜男《ぶおとこ》である。日付は十年前の七月。

「五十嵐さんの生年月日は？」

「一九七七年七月二日です」

槙野はメモを取った。五十嵐靖男は現在四十歳か。

「靖男君と連絡が取れなくなってから六年になります」

ということは、三十四歳で失踪。

「そんなに前から――」と言って、鏡が腕組みする。

「ええ――。靖男君、毎月一度は涼風園に顔を出して子供達にお菓子を配ってくれたりしていたんですけど、突然顔を見せなくなったんです。最初は仕事が忙しいんだろうと思っていましたが、二ヶ月経っても三ヶ月経っても顔を見せないものですから、心配になって靖男君のアパートに行ったところ、表札が変わっていました。それで隣室の方に尋ねると、二ヶ月ほど前に引っ越したと仰って――。その後、区役所に行って転出届が出ていないか尋ねたんですが、個人情報保護法があるから教えられないと言われてしまいました。元気でいてくれればいいんですけど、もし犯罪に巻き込まれていたらと思うと――」

クライアントが表情を曇らせる。

「五十嵐さん、ご結婚は？」

「独身でした」

「では、当時の住所は？　詳しい番地まで分かると助かるんですけど」と槙野は言った。

「必要かと思って、靖男君から届いた年賀状を持ってきました」

クライアントが、ショルダーバッグからハガキを出して槙野に渡した。

『中野区江古田○○―○○江古田ハイツ二〇五号室』

まずは転出先の確認だ。まだ午後三時だし、朝飯前の作業だから役所が閉まるまでに答えは出るだろう。だが、転出届を出してないと厄介だ。槙野は改めてクライアントを見た。

「五十嵐さんに関してご存知のこと、全て教えていただけますか？」

クライアントが、ソファーに凭《もた》れさせていた手提げ袋を膝の上に置いた。そこから布製の分厚いバインダーを出し、栞《しおり》を挟んであるページを開いた。

「ここに靖男君に関することが」

クライアントが、バインダーの上下を置き変えてから槙野に渡した。

「拝見します」

五十嵐が涼風園に連れてこられたのは一九八五年一月二十日だった。両親は交通事故で死亡しているが、車に同乗していた五十嵐だけが奇跡的に生き残ったという。しかし後の調べで、父親が経営していた会社が倒産していたことと、多額の負債を抱え込んでいた事実が判明。現場が見通しのよい直線道路だったこともあり、父親が無理心中を図ったものと結論されている。卒園は一九九三年三月で、東京都大田区内にある板金塗装会社に就職。

「五十嵐さんは進学されなかったんですね」

「いいえ。靖男君は卒園後、働きながら学ぶ道を選びました」

「では夜間高校に」

「はい。そして四年後、高校の卒業証書を見せにきたんですよ。あの時の嬉しそうな顔は今でも忘れられません。満面の笑みでねぇ。それから夜間大学も卒業して」

働きながら夜間大学まで卒業するとは――。五十嵐が苦学生生活を送ったことが窺《うかが》える。途中で挫折する者が多いと聞くから、彼は真面目で我慢強いということか。

「夜間高校と夜間大学の名称は？」

同級生達からも話を訊くことになるかもしれない。

「そこまではちょっと――」クライアントが首を捻る。「どちらも都内にあったことは確かですけど」

仕方がない、こっちで調べよう。

「五十嵐さんは大学卒業後も板金塗装会社に？」

「いいえ、印刷会社に再就職しました」

「印刷会社の名称は？」

「それは覚えています。大きな会社でしたから。大東洋印刷です」

日本を代表する世界最大の印刷会社だ。夜間とはいえ立派な大卒者だから採用されたのだろう。

「でも、そこも辞めていました」

「それはいつです？」

「行方不明になった頃です。靖男君が引っ越したと知って、大東洋印刷にも問い合わせてみたんです。そうしたら、三ヶ月ほど前に辞めたと上司の方が」

「辞めた理由にお心当たりは？」

「全くありません」

「では、五十嵐さんと仲が良かった涼風園の卒園者は？」

「どうでしょうか？　誰とも分け隔てなく接していたみたいですけど」

「五十嵐さんと一緒に涼風園で育った方々の連絡先を教えて下さい」

「そのバインダーの中にあります」

「コピーさせていただいても？」

「かまいません」

槙野は高畑を呼び、クライアントから指定されたページをコピーするよう頼んだ。

「ご依頼は五十嵐さんを見つけるだけですか？」

鏡が尋ねる。

「はい。住所さえ分かれば訪ねて行けますから」

「とりあえず、今日中に最初のご報告をします」

「そんなに早く分かるんですか！」

「転出届が出されていた場合はね」

その後、調査料金の話になり、クライアントは「よろしくお願いします」と言い残して帰って行った。

鏡がデスクの固定電話に手を伸ばす。例の協力者に依頼するのだろう。

蛇の道は何とかと言うが、こっちは探偵社なのだから、戸籍情報を提供してくれるそれなりのルートを持っている。そのルートに多くの公務員が関与して小銭を稼いでいることは公然の秘密で、探偵社からすれば個人情報保護法など無きに等しいザル法である。協力者にとって、五十嵐の戸籍から現住所を突き止めるのは至極簡単なことだろう。しかし、槙野も協力者の正体は知らない。鏡が絶対に教えないのだ。まあそれも当然か。槙野も刑事だった時は情報屋を徹底的に守った。情報屋は犯罪者や犯罪組織の情報を売るから、素性が割れれば報復される。それと同じで、鏡にとっても協力者は絶対に守らなければならない存在なのだろう。

「……ああ、俺だ。今から言う人物の現住所を調べてくれ。……言うぞ。名前は五十嵐靖男、数字の五十に嵐、靖国神社の靖、それに男と書く。生年月日は一九七七年七月二日。……そう、七月二日だ。それと、中野区江古田〇〇―〇〇江古田ハイツ二〇五号室に住民票があったことは分かってる。……うん、頼んだぞ」

ほどなくして早瀬が戻り、彼女から受け取ったカメラのデータをプリントアウトした槙野は、報告書にそれを添えてA４判の茶封筒に入れた。この報告書と写真を見た亭主はどんな顔をするだろう。気の毒でもある。

鏡のデスクの電話が鳴った。例の協力者からか？

鏡が受話器を耳に当てる。

「はい。……おう、早かったな。……うん。そうか――。……何！」

鏡が眉根を寄せる。

「今年の夏に死んでいるのか」

死んだ？　クライアントが落胆する顔が見えるようだ。

「……去年、結婚していた？　死んだ時の住所は？　……大田区蒲田○○―○○。……女房の住民票はまだそこにあるのか。……ナミエって名前なんだな。どんな字だ？　……奈良の奈に美しい、それに恵か」鏡がメモにボールペンを走らせる。「……分かった。すまなかった」

「五十嵐さん、亡くなってたんですね」

「ああ。死んだのは今年の八月七日だそうだ」

「槙野さん」と早瀬が言う。「何のお話ですか？」

ざっと説明すると、早瀬が納得顔で頷いた。

「クライアントの方、がっかりなさるでしょうね」

「そうだな」これで調査は終了だ。五十嵐に関するデータも無用になってしまった。「所長、クライアントには俺が電話しときます」

帰宅すると、今日も愛犬ニコルの『お帰り攻撃』の洗礼を受けた。一歳九ヶ月になるが、ついに先日、体重が三八キロになった。ジャーマンシェパードのメスではデカイ方らしい。

それはいいが、美味《うま》そうな匂いが漂ってくる。

「お帰り」と妻の麻子が言った。

「ただいま。いい匂いしてんな」

「エビフライ作ったのよ」

「そいつは嬉しいな」エビフライなら五十本でも食える。「それじゃ、風呂はあとにするか」

一時間ほどでエビフライ二十本と缶ビール三本を平らげた槙野は、クライアントに電話することにした。自分の子ではないのにあそこまで五十嵐のことを心配するのだ、かなりの愛情を注いできたと思われる。五十嵐が死んだと知ったら、きっと電話口で泣くだろう。

数回の呼び出し音のあと、《涼風園でございます》の声が聞こえてきた。クライアントの声だ。

「私、鏡探偵事務所の槙野と申します」

《ああ、あの大きな身体の方ですね》

「はい」身長が一八九センチあるから、一度会っただけでも相手の記憶に残るのだろう。便利といえば便利だが、目立つから尾行の時は神経を使う。「五十嵐さんのことなんですが、残念ながら亡くなられていました」

沈黙の時が過ぎて行く。絶句したようだ。

そして啜り泣きが聞こえ、ややあってから《間違いじゃないんですか?》と縋《すが》るような涙声があった。
「間違いではありません。お気の毒ですが――」
《いつ亡くなったんですか？》
「今年の八月七日だそうです。それと、五十嵐さんは去年、結婚されていました」
《結婚？　そんなおめでたいこと、どうして私に教えてくれなっかたのかしら？　靖男君の死因とか分からないんでしょうか？》
「それは五十嵐さんの奥さんに尋ねるしか」
《奥さんのご住所は分かりますか？》
訪ねて行く気だ。
「ええ」
《教えて下さい》
住所を伝えると、クライアントは《大変お世話になりました》と言って電話を切った。

＊＊＊

十一月十三日　月曜日　午後――
新たな浮気調査の初日を終えた槙野は、張り込みを早瀬と交代して事務所に戻った。すると驚いたことに、涼風園の園長が鏡と話をしているではないか。

「おう、槙野。ちょうどいいところに帰ってきた。今しがた松本さんがみえられて、新たに依頼したいことがあると仰ってな。お前も座れ」

頷いて鏡の隣に座り、「それで、今度はどういったご依頼を?」とクライアントに尋ねた。

「靖男君が行方不明になってから亡くなるまで、彼がどんな生活をし、どんなことが身に降りかかったのかを調べていただきたいんです。何故かと申しますと、靖男君の奥さんに門前払いされてしまって――」

「会われたんですね」

「ええ。お宅を訪ねて、靖男君の霊前にお線香を上げさせて下さいとお願いしたんですけど、まるで親の仇を見るような目で『お断りします』と言われてしまいました。そればかりか、どうやってここを突き止めたのか? どの面《つら》を下げてここにきたのか? と言われる始末で――。ですから、探偵さんを雇ったと答えると、今度は、何の魂胆があるのかとまで言われました」

五十嵐の妻はクライアントに敵対心を抱いているということか?

「五十嵐さんの奥さんとは初対面ですよね?」

「はい。自己紹介するまではニコやかに接して下さっていたのに――」

では、身分を告げた途端に豹変《ひょうへん》した? どうしてだろう?

「もう、何がなんだかわけが分からなくて……。結局、泣く泣く帰りました。せめて、靖男君がどうして亡くなったかぐらいは教えて欲しかったんですけど」

槙野は鏡に視線を向け、依頼を受けるかどうか目で訊いた。

鏡が頷く。

「分かりました。ご依頼、お引き受けします」

「よろしくお願いします」

「槙野、すぐにかかれ。あっちの調査は俺が引き継ぐ」

「はい」

クライアントが帰り、鏡が腕組みした。

「妙な話だよなぁ。五十嵐さんの女房は、どうしてクライアントに敵対心を持っていたのか？」

「それなんです。初対面なのに――」

「直接会うのは避けた方がよさそうだな」

「そうですね。まずは五十嵐さん夫婦について調べてみます」

五十嵐が最後に勤めていた会社を探し出すことにした。同僚なら何か話してくれるだろう。とはいえ、その勤務先さえ分からないから五十嵐夫婦の家の近所で情報を得るしかなさそうだ。女房の顔も拝んでおきたい。改めて、五十嵐のデータを読み返した。

五十嵐の家は小ぢんまりとした二階屋で、駐車場には黒のＳＵＶが止めてあった。ハリアーだ。狭いながら庭もある。

女房の奈美恵はどんな女なのか？　本人から直接話が訊ければ楽なのだが――。

まず、右隣のそこそこ大きな家に足を運び、門扉に嵌め込まれたインターホンを押した。

《どなた？》

嗄《しわが》れた男性の声だった。爺さんか？

「恐れ入ります。お隣の五十嵐さんのことでお尋ねしたいことがあるんですが」

《ちょっと待って》

ありがたい、応じてくれた。

すぐに波平頭の爺さんが出てきて、下駄を鳴らしながら門まできた。

「今、五十嵐さんのお宅に伺ったんですけどお留守なもので」

デタラメを並べ立てた。

「ああ、そう。あんたは？」

「五十嵐さんの知人です」と答えておいた。

「ふ～ん。それで、五十嵐さんが何だって？」

「ご主人がどこに勤められていたかご存知ないですか？」

「どっちの？」

「はあ？」

「だから、どっちのご主人かと訊いてるんだよ。最初のご主人も亡くなってるから」

では、奈美恵は再婚で、前の亭主と暮らしていた家に五十嵐を入れたということか。

「今年の八月に亡くなられた方ですけど」

「ああ、あっちの旦那さんか。引越し業をしていると聞いたけど、社名までは知らないなぁ。会社は北千住にあるそうだけど」

それだけ分かれば何とかなる。インターネットで北千住界隈の引越し業者を調べ、片っ端から当たればいい。つい最近スマホにしたから簡単に検索できる。

「どうもありがとうございました」

礼を言って車に戻り、インターネットにアクセスした。

十分もしないで結果が出た。北千住には四軒の引越し業者がある。しかし、時計を見るともうすぐ午後五時、これから北千住に行けば六時前後になるから営業は終わっているだろう。作業は明日に持ち越すことにした。

奈美恵が現れるのを待つうち、二時間ほどしてから五十嵐邸の玄関が開いた。出てきたのは三十代と思しき女性で、カメラをズームして顔を撮影する。整った顔立ちでスレンダーな身体、髪は肩までの巻き毛だ。彼女は車に乗ると、国道の方に走り去った。今の女が奈美恵か？　あるいは友人が訪ねてきていたのか——。クライアントに確認だ。

それから涼風園に移動してクライアントにさっきの女性の写真を見せたところ、「靖男君の奥さんです」という答えがあった。それにしても、どうして奈美恵は初対面のクライアントに辛辣《しんらつ》な態度を取ったのだろう？

＊＊＊

十一月十四日　火曜日——

朝から二軒の引越し業者を回ったものの、残念ながら続けて空振り。そして槙野は、東日本引越しセンターという三軒目の会社に足を運んだ。

近くで四トントラックを洗っている若い男に声をかけて事務所の所在を尋ねた。すぐそこに見える三階建てのコンクリート建屋の二階にあるという。その建屋に入って二階まで駆け上がり、事務所と書かれた鉄製のドアを押し開けた。

途端に、制服を着た女性事務員数人がこっちに視線を向けてくる。

一番近くにいる若い女が「何か？」と言いながら歩み寄ってきた。

名刺を差し出して自己紹介すると、彼女は目を瞬《しばた》かせて名刺と槙野の顔を交互に見た。

「探偵さん？」

「ええ。こちらで、五十嵐靖男さんという方が働いていませんでしたか？」

「亡くなられた五十嵐さんのことですか？」

ここだ。五十嵐はここで働いていた。

「はい」

できれば五十嵐が提出した履歴書を見てみたい。大東洋印刷を辞めたあと、他の会社を経てここに就職した可能性もある。だが、簡単に見せてくれるはずもないから正攻法で行く。

「どういったことでしょうか？」

「五十嵐さんと仲が良かった方はいらっしゃいます？」

「五十嵐さんは誰とも仲良くやっていたと思いますよ。苦情なんか聞いたことありません」彼女が振り返り、こっちを見ている中年女に視線を向けた。「ねえ、主任」

主任と呼ばれた女もこっちにくる。

「ええ。五十嵐さんは温厚な方で、誰からも好かれていましたから」

「ところで、五十嵐さんはどうして亡くなられたんです？　ご病気？　それとも事故で？」

「熱中症で」

若い女が答え、中年女が「それも車の中でねぇ。気の毒に――」と続ける。

「車の中で？」

思わず訊き返した。

女性二人が同時に頷く。

エアコンが効いていたら熱中症など起こさないだろう。それなのに熱中症で死んだということは、オルタネーターの整備不良が原因か？　オルタネーターはエンジンから回転力を得て発電しているが、その回転を伝達するベルトが滑っていたり、オルタネーター内のブラシという消耗品が減ってきても発電不足が起きる。オルタネーターが十分に発電しない場合、停止した状態でエアコンを点けっぱなしにするとバッテリーが上がって遂にはエンジンも停止、同時に、エアコンも止まるから車内は高温となってしまう。それで熱中症になってしまったか？　しかし、車中に閉じ込められた幼児が熱中症になったのなら話は分かるが、大の大人がどうして車を出なかった？

「どういう状況だったんですか？」

「そこまでは知りません」中年女が言う。「でも、刑事さんの他に探偵さんまで五十嵐さんのことを訊きにくるとは思わなかったわ」

警察？　ということは、五十嵐の死因に疑問を持ったということか？

「警察がきたのはいつ頃です？」

「九月の半ば頃だったかしら」

もう二ヶ月も前のことだ。しかし、五十嵐邸の隣に住んでいる爺さんは警察のことなど一言も話さなかった。ということは内偵か？　奈美恵の耳に入らないよう、近所での訊き込を控えていたのかもしれない。

もっと面白い話が聞けそうな気がするから、昼休みになるのを待ってこの中年女に再アタックすることにした。事務員で主任の立場にいる彼女なら、五十嵐の履歴書を持ち出すことも可能だろう。

昼休みになるまで手当たり次第に従業員達を捕まえて五十嵐のことを尋ねたが、誰もが口を揃えたように『五十嵐さんはとても真面目で温厚な人でした。でも、この会社にくる前のことは知りません』と答えたのだった。過去については話したがらなかったようだが――。

やがて正午のサイレンが鳴り響き、槙野は事務所建屋の下で中年女が出てくるのを待った。弁当を持ってきていたら出てこないかもしれないから、三十分待って出てこない時はもう一度事務所に行く。

だが、五分と待たないうちに中年女が出てきた。早速、「すみません」と声をかける。

「あら、さっきの探偵さん」

「どうも」頭を掻いてみせた。「もう少しお話を伺わせていただけませんか？」

「でも、これからお昼ご飯を食べに行くんです」

「ご馳走しますよ」

「えっ、ホント！」

「はい。お好きなものを」

それから近所のファミレスに移動したのだが、ど厚かましいというか、彼女は遠慮なしに一番高いステーキを注文した。

槙野は日替わりランチで我慢した。

「それで、訊きたいことって？」

「五十嵐さんの履歴書、見せていただけませんか？」

言い出すなり、彼女が首をぶんぶんと横に振った。

「できるわけないでしょう。個人情報保護法があるのに」

そうくると思っていた。槙野はジャケットの内ポケットから財布を出し、五千円札一枚を抜いた。過去の経験から、二万円以上は使ったことがない。この女は幾らで落ちるか。

「タダでとは言いませんよ。これで化粧品でも買って下さい」

しかし、彼女は頷かない。こっちの足元を見ているのか？　五千円札を引っ込め、今度は諭吉君を抜いて彼女の眼前にぶら下げた。

「化粧品買ったら、そのあとで食事でもして下さい」

すると彼女は、左右に目を配ってから諭吉君を受け取った。

「午後二時になったら事務所の下まできて下さい」

「ありがとうございます！」

ここの食事代もこっちが負担だから都合一万三千五百円の出費だが、まあ致し方ない。

「話は変わりますが、五十嵐さんはどこで発見されたんですか？」

「東名高速の足柄サービスエリアだって聞いたわ。それにしても、五十嵐さんは気の毒だった。すらりと背が高くてかっこいい人だったのに――。人当たりも良かったし」

かっこよかった？　あの醜男でずんぐり体型の男が？　この女、目が悪いのか？

「あの〜、もう一度お尋ねしますが、五十嵐さんと特に親しかった方に心当たりはありませんか？」

「そういえば――。五十嵐さん家でバーベキューした社員がいるって聞いたことあるわ」

それならそこそこ親しいかもしれない。

「お名前は？」

「そこまで知らない」

改めて財布を出した槙野は、また五千円札を抜いた。

「探していただけると大変助かるんですが？」

「それぐらい簡単よ」

言うが早いか、彼女が五千円札を摑んだ。

午後二時まで時間を潰して事務所の下まで行くと、彼女が落ち着かぬ様子で出てきた。

「履歴書、私からもらっただなんて絶対に言わないで下さいよ」

「ご心配なく」

槙野は茶封筒を受け取った。

「それと、五十嵐さん家でバーベキューした人が分かりました。今、外に出ていますけど」

名前を教えてもらった。

「携帯番号とか分かりますか？」

「そこまでは教えられないわ」

まあそうだろう。相手の了承を得ていないのは明らかだ。仕方ない、その人物が戻るまで待つことにした。

「何時頃戻られます？」

「現場は近くだから、五時までには戻ると思いますけど」

「じゃあ、戻られたら教えていただけますか」

「はい」

「事務所で名刺を渡したんですけど、お持ちですか？」

「事務の女の子がゴミ箱に捨てていましたよ」

そんなことだろうとは思ったが——。改めて名刺を渡し、「そこに書いてある番号にかけて下さい」と言った。

彼女がしげしげと名刺を見る。
槙野は車に戻って鏡に電話した。
「今、五十嵐さんが勤めていた引越しセンターにいるんですけど、刑事が五十嵐さんのことで訊きにきたそうですよ」
《何か分かったか？》
「五十嵐さんの死因に不審を抱いたのかもしれません。それと、女房の奈美恵は再婚で、前の亭主も死んでいます。役立つかもしれませんから、彼女のことも調べておいた方がいいんじゃありませんか？」
《刑事が？》
《分かった。身元を調べてみる》
携帯を切り、茶封筒の中から履歴書のコピーを出した。履歴書の提出日は二〇一二年七月十五日。
『五十嵐靖男、一九七七年七月二日生。職歴、有限会社平和板金塗装　一九九三年四月～二〇〇一年三月。株式会社大東洋印刷　二〇〇一年四月～二〇一一年八月』配偶者はナシ。
ということは、この会社に就職した時はまだ結婚しておらず、大東洋印刷を辞めてから十一ヶ月も無職だったことになる。失業保険が三ヶ月出るとして、残りの八ヶ月は貯金を食い潰したか？　だがその間、どこで何をしていた？　資格は普通運転免許のみ。

うたた寝をするうちに携帯が鳴った。ディスプレイには番号だけしか表示されていないから、あの中年女からに違いない。

やはりあの女からで、五十嵐の友人が帰ってきたという。

《事務所の東側に大きなガレージがあるんですけど分かります?》

首を巡らせると、波型屋根の巨大なガレージがあった。

「分かります」

《そこに行って誰かに尋ねて下さい》

「どうも、お世話になりました」

携帯を切って車を降り、ガレージ目がけて駆け出した。

そこには数人の男達がいて、トラックのメンテナンスをしていた。小柄な一人を捕まえ、五十嵐の友人の名前を出してどこにいるか尋ねた。

「俺だけど」

「ああ、どうも初めまして。私、こういう者です」

名刺を差し出すと案の定、小男が「探偵?」と頭の天辺から声を出した。まあ、驚かれるのはいつものことだ。

「亡くなられた五十嵐さんと仲が良かったとお聞きしたんですけど」

「ああ、うちでバーベキューしたり、五十嵐さん家でバーベキューしたりしたよ。それがどうかしたの？」

「五十嵐さん、こちらの会社に勤める前のことで何か言ってませんでしたか？」

「印刷業に就いていたって話してたけど」

それは知っている。

「そのあとのことなんですけど」

首を捻った小男が、少し離れた所にいる若い男に向かって「おい！」と声を張り上げた。

若い男が駆けてくる。

「何すか？」

「こいつも五十嵐さんと仲が良かったんだよ」と小男が言う。「お前、五十嵐さんがうちの会社にくる前のこと、何か聞いてるか？」

「印刷会社にいたって聞きましたよ」

「それだけですか？」

確認すると、若い男が頷いた。

友人達にも空白の十一ヶ月のことは話していないようだ。

「五十嵐さんも気の毒だよな。去年は交通事故に遭って全治四ヶ月の重傷を負うし。今年は熱中症になって亡くなるし」と小男が言う。

「五十嵐さんもですけど、奥さんも気の毒でしたよねぇ。葬式の時、五十嵐さんの柩に縋って泣き崩れていましたもん――。でも、警察が五十嵐さん夫婦のことで訪ねてきた時は驚きましたよ」

彼らからも事情を訊いたようだ。

「警察はどんな質問を？」

若い男に尋ねた。

「夫婦仲とか、いろいろです」

「五十嵐さんの奥さんってどんな方です？」

「美人だよ」と小男が答える。「料理も上手いし人当たりもいいし、五十嵐さん夫婦は理想の夫婦って感じだった」

「五十嵐さんも男前でしたしね」

若い男が言った。

男前？　この男も目が悪いのか？　いや、揃いも揃って目が悪いはずがない。確認だ。

「五十嵐さんの写真、お持ちじゃないですか？」

「あるよ。夏に俺ん家でバーベキューした時の写真が」

小男が言って、作業ズボンのポケットからスマホを出した。

ディスプレイには大人が五人と小学校低学年と思しき男の子が二人写っていた。左端に小男、右端にこの若い男、小男の右隣には太った女性がいて、子供達がその女性の前にいる。

「こいつの左隣の背の高い男性が五十嵐さんだよ。その隣が五十嵐さんの奥さん」

補足説明など耳に入らなかった。明らかに、クライアントから預かった写真とは別人が写っている。鼻筋のとおった彫りの深い顔で、確かに男前だ。だが、これが五十嵐？

どうなってんだ？

「すみません。この写真のデータ、私の携帯に送っていただけないでしょうか？」

「いいけど」

槙野はアドレスを教えた。ほどなくして着信があり、データを保存する。

「ありがとうございます。話を戻しますが、五十嵐さんは東名高速の足柄サービスエリアで見つかったと聞きました。どうしてそんな所に行かれたんでしょう？」

「さあ？　知人に会いにいくと言って朝早くに家を出たそうだけど、具合が悪くなったんじゃないかな？　五十嵐さんを見つけたのはサービスエリアの職員で、駐車場を見回っていたら車の運転席で五十嵐さんがぐったりしているところを発見したんだって」

「よくそこまでご存知ですね」

「五十嵐さんの葬式の時、奥さんが教えてくれたんだよ」

「なるほど——。五十嵐さんは病院に運ばれたんですか？」

「うん。五十嵐さんを診察したお医者さんは、典型的な熱中症だと奥さんに説明したって」

五十嵐は病院に運ばれたわけだから、いろんな検査も受けただろう。それなのに医師が熱中症と断定したということは、死因に不審な点が一切なかったからということになる。それに、五十嵐が死んでから三ヶ月以上経つのに奈美恵は自宅にいるのだ。ということは、警察は五十嵐の死因を病死と結論して内偵を終わらせたのではないだろうか？

槙野は財布から三千円を抜き取り、小男に握らせた。貴重な情報をくれた礼だ。

「どうもありがとうございました。これでビールでも飲んで下さい」

「いいの？」

「はい。感謝します」

急いで車に戻り、五十嵐の写真をディスプレイ上に呼び出した。まるで別人ではないか。

別人？　まさか、成りすましか！

いや、それは有り得ないか。何故なら、五十嵐は結婚しているのだ。婚姻するには戸籍謄本がいるし、赤の他人の戸籍なんか簡単に手に入れられない。それ以前に、五十嵐は運転免許証を所持していたのだから、公的書類を提出したわけで、だからこそ免許証を交付された。

となると——整形か。そうだ！　整形したんだ。

しかし何故だ？　どうして整形した？

携帯が鳴った。鏡からだ。

《五十嵐さんの女房の身元だ。旧姓は近藤奈美恵、現在三十三歳。本籍地は現住所と同じ。それとな、彼女の最初の夫の蓑田《みのだ》保《たもつ》は五年前に死亡している》

そして奈美恵は、新婚一年でまた未亡人になった――。

「所長、驚くことがあるんです。五十嵐さんは整形して顔を変えていましたよ。これから事務所に戻りますから詳しいことはその時に」

事務所に戻った槙野は携帯とPCを接続し、五十嵐の友人から手に入れた五十嵐の写真をディスプレイ上に呼び出した。

「所長。見て下さい」

鏡がデスクを離れ、ディスプレイを凝視した。

「クライアントから借りた写真もスキャンしてディスプレイに映せ」

五分ほどで作業を終え、画面の左半分をクライアントから借りた写真、画面の右半分を五十嵐の友人から提供された写真に割り振った。

「まるで別人じゃないか」と鏡が言う。「整形技術も進歩したな。ここまで顔が変わるとは――」

＊＊＊

十一月十五日　水曜日　午前――

　空白の十一ヶ月の手がかりを摑むべく、槙野は新宿区市谷に移動した。ここに大東洋印刷の本社がある。大東洋印刷の工場は各地にあって、東京だけでも五ヶ所。五十嵐がどこの工場にいたか不明のため、本社の人事課を訪ねることにしたのだった。

　巨大なロビーに足を踏み入れ、受付で用件を話した。無論、身分を明かしたらこんな大会社は相手にしてくれないだろうから、五十嵐の兄だと偽った。

「弟さんが勤務していた工場と、当時の上司の名前を？」と受付嬢が訊き返す。

「はい、弟のことを教えていただきたいんです。弟とはずっと音信不通だったんですが、最近、御社で働いていたことを突き止めました」

「ですが、そのようなご要望にはお応えできかねますが」

　個人情報保護法を知らないのかと言いたげだ。こんな衆人環視の中で現ナマ作戦は使えないし、ここはもう一つデタラメを重ねることにした。

「そこを何とか。母が死の床に伏していて、弟に会いたいと言ってるんです。ですから、何としてでも弟の手がかりを摑まないと――。このとおりです！」

頭の上で手を合わせ、腰を折り曲げた。泣き落とし作戦だ。これが結構効果があるから笑える。

受付嬢が困惑顔をし、槙野はトドメとばかり、涙目を作って大げさに洟を啜ってみせた。

「分かりました。人事の者を呼びますのでお待ち下さい」

ようやく情に絆《ほだ》されてくれたか――。

受付嬢が受話器を握って内線ボタンを押す。

「人事課ですか、受付です」

それから五分も待たずに中年男性が現れ、人事課の者だと身分を告げた。

「では、弟さんのお名前を」

「五十嵐靖男、五十に嵐、靖国の靖に男と書きます。生年月日は一九七七年七月二日。弟は二〇〇一年四月から二〇一一年八月までこちらの会社で働いていたようなんです」

「二〇一一年の八月までですか――。ということは、六年前に辞めたということですよねぇ」担当者が小鼻の横を掻く。「調べてきますから少々お待ち下さい」

その声に頷いて男性の戻りを待った。

それからたっぷり二十分待ち、やっと男性が戻ってきた。

「分かりましたよ。五十嵐さんの当時の上司はこう話していました。五十嵐さんに早期退職を勧めたと」

早い話がリストラされたのだ。それなら会社を辞めざるを得ない。

「弟の消息は？」

「知らないそうです」

ああそうですかと言って帰るわけにはいかない。槙野はガックリと肩を落としてみせた。

「お力になれなくて申しわけありません」

「いいえ。お手数をおかけしました」

次は五十嵐が最初に勤めた板金塗装会社だ。五十嵐と仲が良かった工員が今もいるかもしれない。


到着したのは十一時過ぎ、典型的な町工場といった佇まいで、鉄の匂いの中、数人の従業員達が汗だくになりながら作業をしていた。そのうちの一人を捕まえて経営者を呼んでもらうと、六十絡《がら》みの恰幅《かっぷく》の良い男が現れて社長だと名乗った。

「私、槙野と申します」

名刺を差し出すと、社長の目が大きく見開かれた。

「探偵？」

「はい。以前、こちらで働いていた五十嵐靖男さんについて調べておりまして」

「五十嵐？　そんなのいたっけかな？」

「こちらを辞められてから十六年経ちます」

「かなり前だねぇ。上に従業員名簿があるから見てみようか。どうぞ」

助かった。探偵と聞いただけで胡散臭《うさんくさ》がる人間がほとんどだが、この社長は心が広いのか、あるいは、探偵という人種が珍しくて興味を持ったのか。いずれにしても、こっちにとっては好都合だ。

社長の丸い背中を見つめつつ、工場建屋の外階段を上った。

事務所は少々散らかっていて、パーマ頭の中年女が書類を見ながら電卓を叩いていた。嫁さんにしては若いから事務員か。

社長が「従業員名簿、全部出してよ」とその女に言う。「それとお茶出して」

それから衝立《ついたて》の向こうの応接スペースに連れて行かれ、社長が胸ポケットからタバコを出して一本咥えた。

「本物の探偵さんって初めて見たよ」

やはり興味本位で親切にしてくれたようだ。

「で、尾行とか潜入捜査とかするの?」

尾行はするが、映画じゃあるまいし潜入捜査なんかするか。だが、面倒臭いから「ええ、まあ」と答えておいた。本当のことなんか分かるわけがない。

「へぇ～、格好良いね。俺も若けりゃなぁ」

社長がタバコに火を点ける。

間もなくして従業員名簿が渡された。

「え〜と、五十嵐だったね」

社長が指をひと舐めしてページを捲っていく。そしてしばらくして、「あった！」と声を発した。

身を乗り出すようにして社長に顔を近づける。

「思い出したよ。こいつ、他の工員と殴り合いしてね。親父が社長をしていた時のことだ」

「殴り合い？」

「うん。相手が鼻を骨折したもんだから、俺が病院に連れてった」

社長が光る頭を撫でる。

「五十嵐さんと仲が良かった方は？」

「今言った、殴り合いした奴さ。あの一件依頼、よくつるんでいたよ。殴り合ってお互いのことがよく分かったんじゃないかな」

まあそういうこともあるだろう。

「それはいいけど、どうして五十嵐のことを調べてんの？」

「いろいろと事情がありまして」と答えておいた。依頼内容を教えるわけにはいかない。

「あっそ」社長がぶっきら棒に答え、「五十嵐は元気にしてんのかな？」と独り言のように言った。

「亡くなられましたよ。熱中症になって」

教えたところで問題はない。死んだのは事実だ。

「え！　死んじゃったの！　ふ〜ん、死んじゃったのかぁ。可哀相に……」

「話を戻しますが、その殴り合いになった相手はまだこの会社に？」

「いや、辞めて三年ぐらい経つかなぁ。今は郷里の群馬県にいるよ。腕の良い職人だったから辞めないでくれって引き留めたんだけど、首を縦に振らなかった。親の介護をしなくちゃならないって言われちゃ、こっちも諦めざるを得なくて――」

「その方のお名前と連絡先をご存知なら教えていただけませんか」

群馬ならそれほど遠くないし、五十嵐と仲が良かったのなら何か知っているかもしれない。

「いいよ」

その後、メモを渡されて工場を辞去した。

＊＊＊

十一月十六日　木曜日――

目的の家に辿り着いたのは昼前だった。平屋で垣根が敷地を囲っている。玄関脇の犬小屋には雑種犬が繋がれており、こっちが来訪者だと察したのか吠え出した。表札には男女二人の名前が書かれ、一人がお目当ての男性の名前だった。

いてくれよと祈りつつ呼び鈴を押すと、玄関の引き戸が開いて丸顔の中年男が出てきた。

「私、こういう者です」

名刺を差し出すと、この男も板金塗装工場の社長と同じリアクションをした。

「探偵さんが何の用？」

ここにきた経緯を伝えると、男が顔色を変えて「五十嵐、死んじゃったの！」と言った。

「そうなんです」

「いつ？　どうして死んだの？」

「今年の夏です。熱中症を起こされました」

男がガックリと肩を落とす。

「便りがないのは元気な証拠っていうから、どこかで元気に暮らしていると思っていたけど……。あいつ、どこで何をしてたの？」

「引越し業に就かれていました。結婚もされて」

「結婚まで――。どうして教えてくれなかったんだよ……」

奈美恵のことも知らないようだ。

「じゃあ、五十嵐さんのお住まいもご存知じゃなかったんですね」

「うん。六年ほど前だったかな、突然あいつと連絡が取れなくなったんだ。結局、それっきり会ってない」

「平和板金塗装の社長さんからお聞きしたんですが、あなたは以前、五十嵐さんと殴り合いの喧嘩になって、その時に鼻を骨折されたんですってね。どうして喧嘩なんか？」

男が眉根を寄せ、「元はといえば俺が悪いんだ」と言った。「あいつの容姿をからかったんだ。っていうか、それを綽名《あだな》にして呼んでた」

「どんな綽名を？」

「豚鼻さ――。文字どおり鼻が上を向いていて、鼻の穴もデカくてさ。だから、あいつを呼ぶ時はいつもそう呼んでたんだ」

そうか！　容姿をからかわれたことが原因で、五十嵐はずっと整形を考えていたのかもしれない。

「だけどあの日、『おい、豚鼻』って言ったら急に怒り出しちゃってさ。それまでの鬱憤《うっぷん》が溜まっていたのか、虫の居所が悪かったのか――。それで殴りかかってきたもんだからこっちが驚いたよ。でもまあ、今にして思えば、俺も酷いこと言っちゃったなと――」男がバツの悪そうな顔で首筋を掻く。「でも、その一件後に和解して、それからは仲良くしてたんだ。お互いに、悩み事なんかも打ち明け合ったよ」

言ってみれば親友だ。その親友とも関係を断った――。

男に礼を言って車に戻った槙野は、五十嵐について推理を組み立てた。

五十嵐は顔にコンプレックスがあって美男になりたいと願っていた。しかし、整形して普段の生活に戻ると『あいつ、整形したんだって』と陰口を叩かれると恐れ、身の回りの世界を変える決意をしたのではないだろうか。だからこそ仕事を変え、環境を変え、今までの人間関係をも捨て去る気になったのではないだろうか。体型だってスポーツジムに行けばかなり変えられる。そして五十嵐は、大東洋印刷をクビになってから東日本引越しセンターに再就職するまでの十一ヶ月間で新たな自分を作り出した。


事務所に戻ると早瀬がいた。

「張り込みは終わったのか?」

早瀬が持っているカメラを掲げてみせる。浮気現場の証拠写真を手に入れたようだ。

「槙野。どうだった?」と鏡が言う。

五十嵐が整形した理由について話すと、鏡は納得したような顔で頷いた。

「そのための空白の十一ヶ月だったというわけか」

「はい。整形した痕跡が消えるまでの時間と体型を変える時間、新しい職場を見つけるまでの時間、それらが必要だったんでしょう」

「槙野さん」と早瀬が言う。「五十嵐さんのビフォー・アフターの写真を見せていただけます？」

槙野はＰＣを操作し、二枚の写真をディスプレイ上に呼び出した。

「ホントだ。別人ですね」

「整形していくら美男になったところで遺伝子までは変えられねぇ。子供ができた時のことは考えなかったのかな？」

「まず、奥さんが変に思いますよね。どうして夫に似ていないのかなって」

「ああ。子供だって、成長するに従って疑問を抱くようになる。どうして自分は父親に似ていないのか？　自分は本当に父親の子なのか？　下手したら、母親の不倫まで疑うかもしれねぇぞ。まあ、子供ができる前に五十嵐さんは死んじまったけどな」

それにしても、クライアントに対する奈美恵の態度が謎だ。どうして初対面の人間に敵対心を剝き出しにした？　そればかりか門前払いをして線香さえも上げさせなかったという。

五十嵐から何か吹き込まれたのか？　しかし、五十嵐にとってクライアントは母親同然の存在だったはずで、そんな人物のことを五十嵐が悪く伝えるとは考え難い。となると、奈美恵個人の問題か？　ひょっとして、クライアントを家の中に入れたくない理由があったのではないだろうか？　だからこそ、クライアントに罵声を浴びせて門前払いしたのではないだろうか？　では、家の中に入れたくない理由とは？

　思案したが情報が少な過ぎて答えなど出ない。まずはクライアントに中間報告書を提出することにした。五十嵐が整形していたと知ったらどんな顔をするか。

　中間報告書の作成にかかろうとしたが、何故か早瀬はディスプレイを見続けたままだ。

「この二枚の写真、そんなに興味深いか？」

「ええ。特に左の写真が――」

「車の前でポーズを取ってる写真なんてどこにでもあるだろ」

「ポーズのことじゃありません。車です」

「車？」改めて写真の車を凝視した。「エンブレムからするとマツダ車だよな」

「はい。アテンザのスポーツワゴンです。でも、どうも違和感が――」

「どこが変なんだ？　改造してるようには見えねぇし、色だってただの赤だ」

「父も同じ車に乗ってるんですけど、この車は車高が低いんですよ。それなのに、五十嵐さんと比べると車高の低さを感じなくて」

「何が言いたいんだ？」

　鏡が会話に入り、ディスプレイの写真を睨みつける。

「五十嵐さんの身長、そんなに高くないんじゃないかと。それでいて、右の写真の五十嵐さんは随分と背が高い印象が――」

五十嵐の友人は小男だったが、あの若い男はそこそこ身長があって、一八〇センチ近いかもしれない。右の写真の五十嵐は、あの若い男よりも明らかに長身だ。

槙野は鏡と顔を見合わせた。

「所長、まさか――」

「ああ。この二人、本当に別人かもしれんぞ。クライアントに電話して、五十嵐さんの身長を訊き出せ。知ってるはずだ」

急ぎ、涼風園に電話した。幸い、クライアントが出てくれた。

「鏡探偵事務所の槙野です。つかぬことをお伺いしますが、五十嵐さんの身長をご存じですか？」

《一七〇センチはなかったと思いますけど》

もう間違いない。顔と体型は変えられても、身長だけは変えられないのだ。そして八月七日に熱中症で死んだ男は運転免許症を所持し、結婚までしていた。つまり、本物の五十嵐靖男の戸籍を手に入れたのだ。礼を言って受話器を置き、鏡を見た。

「所長、やはり別人ですよ。でも、熱中症で死んだ男は奈美恵と結婚していたわけですから、戸籍が本物であることは間違いありません」

「五十嵐さんの戸籍をどうやって手に入れた？」

「乗っ取ったのかも――。だとすると、本物の五十嵐さんは生きていませんよ」

本物にうろちょろされたら戸籍を乗っ取った意味がない。

「五十嵐さんが戸籍を売ったという可能性は？」

早瀬が言う。

「戸籍を失くしたら二度と戸籍復活はできねぇ。車も運転できねぇし、銀行口座も作れねぇ。部屋を借りるにも難儀する。そんなリスクを冒してまで戸籍を売るメリットはあるか？　まあ、一生遊んで暮らせるだけの大金が手に入るなら話は別だがな」待て、もう一つ考えられることがあった！「所長。背乗《はいの》りってことはありませんか？」

「そうだよな、有り得るか――。だとすると大事《おおごと》だぞ」

「槙野さん。ハイノリって？」と早瀬が訊く。

「背中の背に乗ると書く。工作員が他国人の身分・戸籍を乗っ取る行為を指す警察用語だ。元々はソ連の情報機関が古くから用いた方法だそうだが、北朝鮮情報機関がよく使う方法でもあるから、旧ソ連からその影響下にあった北朝鮮に齎《もたら》されたとする指摘がある。日本人拉致事件に背乗りを目的としたものが多いのは、日本で工作活動を行う他に、韓国に入国するためのパスポートを得るためとも言われてる。周囲に気づかれないよう身寄りのない人が狙われ易いっていうから、児童養護施設で育って結婚歴もない五十嵐さんはその条件にピタリと当て嵌まるが――。背乗りの場合も、五十嵐さんは生きていねぇだろう」

「そんな――」早瀬が眉根を寄せ、口に手を当てた。「運転免許証のことは？　五十嵐さんの戸籍を手に入れた男は引越し業に就いていたんですから、会社に運転免許証を提出したはずです。昔の運転免許証には顔写真が貼られましたけど、今の運転免許証の顔写真は本体と一体のプリント形式で簡単に偽造なんてできません。となると、本物の運転免許証としか考えられないんですけど——。どうやって本物を手に入れたんでしょう？」

「五十嵐さんを殺して免許の失効を待ち、新たに取得したんだ。免許を失効した場合、警察の運転免許証データも消えるから、当然、顔写真のデータも消えてしまう。取り直した運転免許証の顔写真が前の運転免許証の顔写真と別人であっても誰も気づかないさ。それより早瀬、よくぞ身長のことに気づいたな。褒めてやる」

「問題は奈美恵だな」と鏡が言った。「夫が別人の戸籍を乗っ取ったことを知っていたかどうか——」

奈美恵がクライアントに敵対心を剝き出しにした理由と、門前払いした理由がそこにあるのかもしれない。

ひょっとして——。

理由は五十嵐の遺影か？　クライアントは本物の五十嵐の顔を知っているのだから、遺影を見られたら死んだのが別人だと分かってしまう。だから奈美恵は、クライアントに罵声を浴びせて追い返したのではないのか？　だが、そうだとすると、奈美恵は夫の正体を知っていたことになる。他人の戸籍を乗っ取った男と結婚したのは何故だ？

保険金目当て？

保険金さえ手に入れば相手の素性など関係ないと考えたのか？

「所長。警察に知らせますか？」

「クライアントに対する守秘義務もあるが、事が戸籍の乗っ取りか背乗りとなるとそうも言っていられんな。クライアントだって本物の五十嵐さんが死んでいるか生きているか知りたいはずだし、生きているならどこにいるかも知りたいだろう——。よし、警察に知らせろ」


練馬区大泉の涼風園に到着したのは午後七時過ぎだった。

園長室でソファーを勧められた槙野は、まず、東日本引越しセンターの小男から手に入れた写真をクライアントに見せた。

「この方は？」

「五十嵐靖男さんに成りすましていた男です」

理解できないようで、正面に座るクライアントが目を瞬かせる。

「八月七日に死んだのは五十嵐靖男さんではありません」

ようやく事の次第が飲み込めたようで、クライアントが顔を近づけてきた。

「そうです。五十嵐さんは戸籍を乗っ取られたんです」

「では、靖男君は今どこに？」

「分かりません」

それから背乗りについても教え、五十嵐が工作員の手にかかって殺された可能性も伝えた。

「殺されている！」

「あくまでも可能性があるというだけです。松本さん、五十嵐奈美恵があなたに取った態度にもきっと裏がありますよ。それと、偽の五十嵐靖男は熱中症で死んでいました」

第二章

同日　十一月十六日　午後八時――
東京都港区

「勝手にすれば！」

恋人の生田友美《いくたともみ》が、口をへの字に曲げてそっぽを向いた。

「そうするわ」と答えた東條有紀《とうじようゆき》は、ナイフとフォークを純白のクロスがかけられたテーブルに置いた。久しぶりのデートだというのに、些細なことで喧嘩になってしまったのである。予約を取るのも大変だというこのフレンチレストランの料理が期待したほどではなく、『他の店にすれば良かったのに』とつい口を滑らせてしまったのが原因だ。苦労して予約を勝ち取った友美にしてみれば、『もっと言い方があるんじゃないの？』と言いたくなったのもむべなるかな。そんなこんなで言い合いになって、遂には友美が臍《へそ》を曲げてしまったのだった。有紀自身、悪いのは自分だと分かってはいるものの、何故か今日は素直になれない。毎月やってくる、生理という名の厄介者のせいで苛立っているからに違いなかった。

今なら謝れば許してもらえる――。
もう一人の自分が耳元で囁いた矢先、ショルダーバッグの中の携帯が鳴った。槙野からだ。情報提供の依頼か、あるいはその逆か？
謝るタイミングを逸してしまった有紀は、席を立って物陰に移動した。
「東條です」
《元気か？》
「ええ。何とか」
《忙しいところ悪いんだが、耳に入れておきたいことがあって電話した》
「忙しくありません。待機態勢中ですから」
《そいつは好都合だ。はっきり言う、大事《おおごと》になるかもしれねぇぞ》
「え？」
《今手がけている調査なんだが、背乗りの可能性がある》
「何ですって！」
それからしばらく、槙野の話を聞き続けた。
《五十嵐さんの戸籍を手に入れた男は死んじまって、五十嵐さんは行方不明。それとな、五十嵐さんの戸籍を手に入れた男は結婚していて、女房は前の旦那とも死別している。この女房なんだが、名前は奈美恵。行動がかなり怪しい》

槙野が、児童養護施設の園長の証言も教えてくれた。

「園長を門前払いに――」

《そう、しかも初対面だっていうのにだ――。それともう一点、どこの刑事だか知らねぇが、この夫婦のことを調べていた》

電話では埒《らち》が開かない。会って話を訊くべきだ。友美とデートの最中だが今日はこれで終わりにしよう。喧嘩もしているからちょうどいいインターバルになるだろう。時間を置けばお互い頭も冷える。

「槙野さん。これからお会いできませんか？」

《いいぞ。こっちも見せたい写真があるし》

「では、場所を指定して下さい」

《じゃあ、一時間後に新宿プリンスホテルの一階ティーラウンジで》

「伺います」

携帯を切った。まさか、背乗りの情報が飛び込んでくるとは――。

友美の許に戻って「行かなきゃ」と言うと、友美は理由も訊かずに「ご自由に」と答えた。

その態度に少々カチンときて、謝るのをやめて店を出た。

振り返り、フランス国旗が掲げられた店を改めて見る。事件だから、いずれにしてもここで友美と別れることになっていたが、『行ってらっしゃい』と言われて別れるのと、『ご自由に』と言われて別れるのとでは雲泥の差がある。

意地を張らずに、どうして謝らなかったのか。今更後悔しても遅く、自分を叱責しつつ走りきたタクシーを止めた有紀は、「新宿プリンスホテルまで」と運転手に告げた。

新宿までの道すがら、友美の顔が浮かんでは消えて行った。先週末に彼女から電話があって、こんなことを話した。『母から見合いの話が持ち込まれたけど、恋人がいるからと言って写真も見ずに断った。だけど、それならどうして恋人を紹介してくれないの？　と突っ込まれて答えに困った。刑事だから忙しいのよと言って取り繕ったけど――』と。

こっちも似たり寄ったりで、そろそろ結婚して早く孫の顔を見せて欲しいと言う両親に、その都度、『刑事は忙しいから恋人を作る暇がない』と言い訳して誤魔化している。そんな綱渡りのような恋愛も七年を過ぎ、今後の身の振り方を真剣に考えなければならない時期にきていることは痛いほど分かっている。だが、長女の恵をあんな形で亡くし、次女までが性同一性障害だと知った時の両親の戸惑いを思うと、どうしても秘密を打ち明けることができない。男に生まれていれば何の問題もなかったというのに――。

＊＊＊

十一月十七日　金曜日――

警視庁捜査一課第四強行犯捜査第八係の刑事部屋に足を運ぶと、二班のテリトリーには最年少の元木真司《もときしんじ》の姿があった。

「早いわね」

顔を上げた元木が、「ああ、先輩。おはようございます」と返事をしてまた視線を落とした。

有紀は元木のPCを覗き込んだ。

「調書？」

「そうなんです。午前中に東京地検に送らないといけなくて」

一昨日遅く、都内で起きた強盗殺害事件の容疑者を元木が落とした。そんなわけで、現在は待機態勢となっている。

そこへ、冷蔵庫にスイカを乗せたような体型をした、厚ぼったい瞼の坊主頭が刑事部屋に入ってきた。同期の内山晴敏《うちやまはるとし》だ。内山とは警察学校の同期で、偶然、捜一でも同じ班に配属されてしまった。同期とはいうものの、こいつとは仲が悪い。と言うよりも、犬猿の仲と言った方が正しいか。警察学校時代の成績で負けたことを根に持っているのか、何かにつけて難癖をつけてくるのである。

「早いな、二人とも」と内山が言い、デスクの椅子に大股を広げてだらしなく座った。そして元木に向かって「事件が解決して平和になったな」と声をかけた。

「そうっすね」

「元木は調書の作成で忙しいのよ」

言ってやると、内山が唇を歪めた。

「口うるせぇ女」

「喧嘩売ってるわけ？」

「朝っぱらから、お前らまたやってんのか」と声がかかった。

ちょうど二班最年長の楢本拓司《ならもとたくじ》が登庁してきたところだった。最近、とみに白髪が増えたと思う。

「いい加減にしとけ」

「――はい……」

楢本から見えないよう身体で死角を作った有紀は、内山に向かって右手の中指を突き立てた。

そこへ、角刈りの痩せた男が刑事部屋に入ってきた。班長の長谷川正親《はせがわまさちか》だ。

メンバーが声を揃えて「おはようございます」と言い、長谷川は片手を軽く上げてから「おう」と応えた。

長谷川がデスクに着き、有紀は「班長。お話が」と切り出した。

「どうした？　改まって」

「昨夜、元組対の槙野さんから情報提供がありました」

「あいつ、刑事辞めてからも事件に関わってばかりだな。今度は何だって？」

「現在手がけている調査なんですが、背乗りの可能性があると」

瞬く間に、長谷川の眉間に深い皺が刻まれた。メンバー達も長谷川のデスクに集まってくる。

「詳しく話せ」

それから十分ほどかけて槙野が齎《もたら》した情報を伝え、本物の五十嵐と五十嵐の戸籍を手に入れた男の顔写真も見せた。

長谷川が「上に報告してくる」と言い残して刑事部屋を出て行く。

「俺達の事件《ヤマ》になりそうだ」と楢本が言った。

「でも」と元木が言った。「奈美恵って女を調べていた連中は？」

「その連中との合同捜査になるかもね」

有紀が答えると、「あ～あ、また東條の犠牲になる犯人が出るな」と内山が言った。

「おい、東條。犯人を見つけても、前回の事件みたいに穏やかにやれよ。お前にしちゃ珍しく、犯人を無傷で拘束したからな」

また始まった。

「あれは相手が抵抗しなかったからでしょ。それ以前の事件は全員抵抗したわ」一人はバタフライナイフで、また一人は鉄パイプを振り回して、また一人は猟銃を発砲して抵抗した。そのせいで二十五針を縫う創傷を肩と左腕に負い、右腕も複雑骨折させられて二ヶ月も病院通いをするハメになった。「査問会でも正当防衛が認められたこと、何度言わせる気よ」

「お前のことだ、毎回釘を刺しとかないときっとまたやらかす。一人撃ち殺してること忘れんなよ」

バタフライナイフで抵抗した男を射殺したのは事実だが、それも正当防衛が認められた。

「馬鹿の一つ覚えみたいに『撃ち殺した。撃ち殺した』って、あんたの前世は鸚鵡《おうむ》じゃないの？」

「何だと！」

「それよか、あんたさぁ。私のことをとやかく言う前に、たまには犯人を検挙したら？ここ何年も空振りばっかでしょ。その突き出た腹が邪魔だったりして？」

「うるせえ！」

「へえ〜、あんたでも気にしてるんだ？　検挙率がゼロに近いこと」

更に挑発してやると、楢本が「やめんか二人とも」と言って間に入った。

長谷川は一時間ほどで茶封筒を持って戻り、メンバーは再び長谷川のデスクに集合した。

「五十嵐奈美恵の内偵指令が出た。それと、彼女のことを調べていたのは第七強行犯捜査第六係の連中だった。五十嵐靖男に成りすましていた男も、その前の亭主も、熱中症で死んだことは間違いないと結論して内偵を終わらせていた」

「前の亭主も熱中症で？」と楢本が言う。「同じパターンで死んだのに、どうして捜査を打ち切ったんでしょう？」

「それはこれから話す」

「六係と合同で内偵ですか？」と内山が訊く。

「いや、あっちは別件の捜査をしているそうだ。うちの班が単独で、六係が調べていた件の再内偵と、背乗りの有無を調べる。それと、今後は五十嵐靖男に成りすましていた男をマルAと呼ぶからな」長谷川が元木に目を向ける。「この茶封筒の中に六係が調べた資料がある。人数分をコピーしろ」

十分足らずで資料が配られ、有紀はそれに目をとおした。

五十嵐奈美恵は三十三歳。出身は東京都杉並区で、両親は現在、埼玉県幸手《さって》市在住。姉が二人いる。前夫の蓑田保《みのだたもつ》とは職場で知り合い、マルAとは陶芸教室で知り合ったとある。前夫とは二〇一〇年の三月に結婚して二〇一二年の七月に死別、マルAとは去年の十二月に結婚して今年の八月に死別。出身高校は港区にある青蘭大学附属高等学校、大学は青蘭大学だ。

蓑田保はサラリーマンだった。営業職をしていて七月二十日に熱中症で死亡。マルAも今年の八月七日に熱中症で死亡。いずれも車の中で発見され、エンジンも止まって窓も全部閉まっていたことから、オルタネーターの整備不良で発電力が不足し、遂にはバッテリーが上がってエンジンが停止。同時にエアコンも止まって車内が高温になったことで熱中症を発症したのではないかと結論されている。蓑田の死亡推定時刻は七月二十日の午後八時頃、マルAの死亡推定時刻は八月七日の午後五時頃。二人の発見現場だが、蓑田は豊島区池袋の厚生総合病院の駐車場。マルAは東名高速足柄サービスエリアの上り側の駐車場。

しかし、二人とも熱中症で死ぬとは——。生保会社もその点に不審を抱いて調査し、手に余ったから警視庁に通報したということか。こうして改めて内偵することになったが、マルAの一件が露見しなかったら二人は病死で片づけられていた。

「二人が発見された時の状況だが、蓑田さんは死後半日以上経過していて、マルAは死後二時間ほどだったらしい。蓑田さんを発見したのは病院の整形外科に通っていた女性で、たまたま蓑田さんの車の隣に自分の車を止めたら、運転席の蓑田さんがぐったりしているのに気づいたという。最初は寝ていると思ったそうだが、『時刻は午前九時を過ぎていて、気温も三十度を軽く超えていた。それなのに車のエンジンはかかっていないし、窓も締め切られているから変だと感じた』と証言した。それで警察に通報し、最寄りの交番勤務の巡査が駆けつけた。その後の調べで、蓑田さんの捜索願が出ていることが判明し、妻の奈美恵に連絡が行った。蓑田さんの捜索願が出されたのは七月二十日の夜で、奈美恵は警察でこう言ったという。『夕方、体調が悪いから病院に行くと夫から電話があった。それで心配していたが、一時間経っても二時間経っても電話がなく、こっちから夫に電話した。それでも連絡が取れなくて、その後も電話し続けたが遂に夫は出ず、今度は都内の救急病院にも片っ端から問い合わせてみた』と。そして翌二十一日の午前九時過ぎに発見された。六係の連中は蓑田さんの勤務先でも同じ証言を得ている。終業時間近くになって、蓑田さんが電話で体調不良を訴えたらしい。それで早退させ、そのまま病院に行くように促したそうだ。蓑田さんの発見が遅れたのは、駐車場に車を止めた時間が夕方だったからじゃないかな。病院は午前中が一番混雑するから駐車場も混み合うが、夕方なら駐車している車もまばらだろう。だから発見されたのが朝だったと思う。マルAについてだが、槙野の情報のとおりだった。知人に会いに行くと言って八月七日の午前六時頃に家を出たそうで、午後七時前に駐車場の職員がマルAを発見」

「二人が発見されたのはいずれも駐車場ですが、どちらも自分で車を止めたってことですか?」

楢本が訊く。

「そうだ。蓑田さんは午後六時過ぎ、マルAは午前十時前に、それぞれ本人が車を止めるところを防犯カメラが捉えている。これは六係の見解だが、『蓑田さんは病院まで行ったが、駐車場に辿り着いたところで力尽きてしまって意識を失った。そしてオルタネーターの整備不良が原因で車のエンジンが止まってエアコンも切れ、遂には熱中症になってしまった』と」

「マルAについては?」と内山が訊く。

「同じだ。『東名高速を走行中に具合が悪くなり、緊急避難的に一番近い足柄サービスエリアに車を止めた。そしてエアコンを点けたまま眠ってしまい、これまたオルタネーターの整備不良が原因で車のエンジンが止まってエアコンも切れた』って——。六係も一旦は事件性を疑ったそうだが、防犯カメラをチェックしたところ、二人が駐車場に車を止めてから発見されるまでの間、誰も二人の車に乗っていないし、降りてきた人間もいなかったらしい。二人を発見した人物達も、車内には蓑田さんとマルAしかいなかったと証言した。おまけに、蓑田さんを診断した医師もマルAを診断した医師も、患者の体内から薬物は一切検出されなかったと断言した。それもあって、六係は事件性無しと結論したそうだ」

「足柄サービスエリアですけど、上り側ですよね。そしてマルAの自宅は大田区蒲田。それならマルAは、東京に帰るために上り車線を走っていたことになります。しかも午前十時前に。ということは、足柄より西にいる知人に会い、早々に用を済ませて帰宅の途に就いたってことですか」

有紀が言った。

「そうとしか考えられんな」

「それにしても」と元木が言った。「どうして二人とも車を降りなかったんでしょうか？　真夏の車の中って五十度以上になりますから普通は目を覚ましますよね。赤ん坊なら分かりますけど」

「あんた知らないの？　熱中症は症状が進むと熱痙攣《ねっけいれん》を起こし、症状が更に進むと筋硬直を起こして身体が動かせなくなるのよ。家の中で熱中症になるケースが一番多いそうだけど。多くの人が、症状が酷くなる前にどうして部屋を冷やしたり水分補給しなかったんだろうという疑問を持つ。だけど、筋硬直のせいでそれすらもできなくなるの。だから、二人が車を降りなかったことが不自然とは言い切れない」

「しかし」楢本が首を傾げる。「蓑田さんが車を止めたのは午後六時過ぎで死んだのが午後八時頃。ってことは、車を止めてからそれほど時を置かずしてエンジンが止まったことになるから、オルタネーターに問題があったという説は成り立つが、マルAのケースは不可解だよな。駐車場に車を止めた時間と死亡推定時刻の関係だ。マルAは午前十時前に駐車場に車を入れ、死亡推定時刻は午後五時頃。つまり、オルタネーターの不良でエンジンが止まったとしても、駐車してから死亡推定時刻までは七時間もある。熱中症で即死することはないといっても、場所が場所だから発症してしまったら二時間も生きられないだろう。それなら、マルAは午後三時頃に熱中症を起こした計算になって、それ以前にエンジンが停止して車内が高温になったはずだ」

「高温の車内にいたら一時間もせずに熱中症になると聞きますから、エンジンが止まったのは二時頃と推測しますが」と有紀が言った。

「だったら、車を止めてからエンジンが止まった午後二時までの四時間も、オルタネーターの作動に問題のある車がエアコンに電力を供給し続けたというのはどう考えても不自然だ。そうでしょ、班長」

「俺もそう思ったんだが、オルタネーターに問題がなくても、ごく希《まれ》に、静止状態が長く続いたらエンジンが止まることがあるそうだ。六係はそれだろうと言っている。まあ、防犯カメラのこともあるし、薬物が使われた可能性もゼロだから、そう結論せざるを得なかったんだろう。そんなわけで、奈美恵のアリバイは調べなかった」

「六係も、まさか五十嵐靖男が別人だとは思わなかったでしょうからね」と有紀が言った。

「うん。俺達が内偵していたとしても、五十嵐靖男が別人であることを知らなければ六係と同じ結論に至っただろう」

「班長」と楢本が言った。「二人とも車の中で熱中症を起こしていますから、車に仕掛けでもあったんじゃないでしょうか?」

「それは有り得るかもな。内山、二人が乗っていた車を特定しろ」

「班長」と元木が言う。「奈美恵ですが、旦那が二人も死んだら保険金が相当入ってきたでしょうね」

「ああ──たんまりな。蓑田さんの生命保険が四千万円、マルAの生命保険が五千万円、合わせて九千万円だ。まずは五十嵐奈美恵を徹底的に調べるぞ。保険金関連だけでなく、彼女はマルAが五十嵐靖男本人でないことを知っていたかもしれん」

「班長、もう一点」と有紀が言った。「今回の一件が背乗りだとしたら、公安部も出張ってくるんじゃないですか？」

「そうなったらややこしくなる。公安の連中は秘密主義で、他人のことなんかお構いなしで好き勝手に動くからな。それと、本物の五十嵐靖男の運転免許証は一度失効していた。二〇一二年の五月だ。そして七月一日に再交付されている」

槙野も言っていた。『五十嵐靖男の戸籍を手に入れた男は運転免許証の再交付を受けているはずだ』と。

「よし。捜査にかかれ」


刑事部屋に戻ったのは午後八時過ぎ、メンバー全員が戻っていた。

有紀が戻ったことでミーティングとなり、まず楢本が、摑んだ情報を話した。

「蓑田さんとマルAを診断した医師達に会ってきました。やはり、二人とも典型的な熱中症だったと証言を」

長谷川が有紀に目を向けた。

「お前の報告は？」

「蓑田さんの両親と姉から話を訊きました。三人が三人とも『彼女はよくできた嫁でした』と証言していました。とにかくよく気がつく女だそうで、人当たりもよく、蓑田さんも甲斐甲斐《いがいがい》しい奈美恵を大切にしていたそうです。アルバムを見せてもらったところ、奈美恵と蓑田さんが寄り添って笑っている写真ばかりでした」

無論、刑事が訪ねてきたわけだから、三人は『保《たもつ》の死に事件性があるんですか？』と訝《いぶか》しがったが、まだ内偵段階であることと、奈美恵に内偵のことを知られてもいけないから、お決まりの『お答えできません』と言ってお茶を濁し、刑事が訪ねてきたことも内密にと釘を刺しておいた。奈美恵の写真も多数見たが、どれも笑窪が印象的で、とても人を殺すようには見えなかった。だが、人は見かけによらないというのが知能犯である。

「蓑田さんが死んでからの奈美恵は？」

「見ていられなかったと話していました。蓑田さんが生きている頃は夫のためにと言うんでしょうか、身だしなみを整えていつも清楚《せいそ》な雰囲気を漂わせていたそうですが、蓑田さんの死後は別人で、化粧もろくにしなかったと――。でも、三年ほどして、また元の奈美恵に戻ったといいます」

「悲劇の妻を装っていた可能性もありますよね」と元木が言う。「そして新たな獲物を見つけた。それが、五十嵐靖男の戸籍を手に入れたマルAだったのかもしれませんよ」

「問題は、奈美恵がマルAの正体を知っていたか否《いな》かだ」長谷川が内山に目を向けた。「そっちは?」

「車の件ですが、蓑田さんが乗っていたのは会社の車だそうで、社員が死んだ車は縁起が悪いからとすぐに売却したそうです。それで陸運局に問い合せたところ、三年前に廃車処分になっていました。一方のマルAが乗っていた車ですが、これも陸運局に問い合せました。奈美恵が自分名義に変更して今も乗っています。彼女の家に行って確認したところ、黒のハリアーでした」

「奈美恵の車を調べるのは可能ってことか——。全員、明日は奈美恵の知人を探し出して話を訊け」

＊＊＊

十一月十八日　土曜日　午前——

港区三田にある青蘭大学の事務局に足を運んだ有紀は、身分を告げて旧姓の近藤奈美恵について尋ねた。彼女の学部は文学部だったそうで、早速、彼女と同じゼミだった人物を見つけ出す作業に取りかかった。

作業は一時間余りで終わり、五人の男性と四人の女性をピックアップした。それから追跡して九人の現住所を特定したところ、半分は他県在住だった。まずは一番近くに住んでいる女性に会うことにした。住所は大田区池上。

大田区池上に移動してお目当ての家を探すと、立派な日本家屋に行き着いた。

インターホンを押してすぐ、《どちら様ですか？》と返事があった。

「警視庁の者です」

《警察！》

尋ねてきた理由を話すと、彼女は自分が五十嵐奈美恵の同級生だと答えた。

「奈美恵さんについてお尋ねしたいことがありまして」

《少々お待ち下さい》

ややあってから門横の通用口が開き、派手な出で立ちの女が出てきた。髪は明るい栗色で肩まで伸び、化粧もかなり濃い。警察手帳を提示して、改めて身分と名前を告げた。

「何をお話しすれば？」

「彼女とは今も親交が？」

「ええ。大学を出てからもずっと」

「奈美恵さんと八月に亡くなられたご主人との夫婦仲はどうでした？」

「すごく良かったわよ」

「ご主人に対する愚痴とかは？」

「そりゃあ夫婦だから、喧嘩した時なんかは電話かけてきてあれこれ言ってたけど、そんなのってどこの家庭でもあることでしょう」

まあそうだろう。

「経済的なことはどうでした？」

「悪くなかったんじゃない？　五十嵐さんは仕事が忙しかったみたいだし、奈美恵は働いていなかったけど前のご主人の保険金を持っているから」

「奈美恵さんの金使いは？」

「普通よ。スーパーの特売日とか気にしてたし、服もバーゲン品が多かったみたい。まあ、ブランド物も多少は持っているみたいだけど――」

「奈美恵さんの性格は？」

「穏やかでいい子よ。でなきゃ今まで付き合ってないわ。だけど、どうして警察が奈美恵のことを調べているんですか？」

「ちょっと確認したかっただけです」

下手な言いわけだと自分でも思う。だが、内偵だからそう言うしかなかった。

彼女が腕時計を見た。

「あのぅ、まだかかります？　出かけないといけないんですけど」

「いいえ、もう結構です。警察がきたことはどうか内密に」

礼を言って車に戻った。蓑田とマルA殺しが奈美恵の犯行だとしても、二人をどうやって車中で殺せた？　薬物も使われていないし、駐車場に車を入れたのも本人達だ。とりあえず、次の人物にも会うことにした。

昼過ぎに中央区月島の高層マンションの一室を訪ね、名前と身分を告げて警察手帳も提示した。一重とやや吊り上がった目がそう見せているのかもしれないが、性格がきつそうな女だ。

玄関先での事情聴取になって「五十嵐奈美恵さんのことでお尋ねしたいことがあります」と口火を切った途端、「やっぱり警察は奈美恵を疑ってるんだ」と彼女が言った。

「前にも警察が事情聴取を？」

「いいえ。あんたが初めて」

有紀は眉を持ち上げた。

「『やっぱり警察は奈美恵を疑ってるんだ』って仰いましたけど、どうしてそう思われたんですか？」

「だってさぁ、五十嵐さんも前の旦那も熱中症で死んでるのよ。しかも同じく車の中で――。だから、警察が奈美恵に目をつけたんじゃないかと思って――」

奈美恵を庇《かば》う素振りさえ見せない。

「彼女、どんな女性です?」

「大人しいわよ」

「亡くなったご主人達との仲は?」

「悪くはなかったと思うけど」

「金遣いとかは?」

「シミったれてた。一緒にランチなんか行くと一番安いのしか頼まないし、服もスーパーのバーゲン品ばかりだった。最初の旦那が死んだ時の保険金、しこたま持ってるくせに」

この女、外見どおりに性格がきついようだ。おまけに、これまで敬語の一つもない。

「どうもありがとうございました。警察がきたことはどうか内密に」

車に戻った矢先、長谷川から電話があった。

《どうだ?》

「今のところ、これといって留意するような証言はありません。他のメンバーはどうです?」

《お前と同じ答えだ。よし、奈美恵に揺さぶりをかけてみるか》

「どのように?」

《五十嵐さんの写真を突きつけろ》

午後二時――

五十嵐奈美恵の自宅に到着したが、駐車場は空だった。インターホンを押しても音沙汰なし。車がないから出かけたか。帰りを待つことにした。

幸い、一時間も待たずに彼女は帰ってきた。家の前で車を下り、駐車場の門を開けようとする。

「すみません。五十嵐奈美恵さんですね」

「そうですけど？」

写真で見るよりも綺麗な顔だ。

身分を告げるや、彼女が表情を曇らせた。

「どうかされました？」

「友人から電話があったんです。警察があなたのことを調べているって」

事情聴取した誰かが教えたようだ。自分もそうだが、メンバー達も『警察がきたことは内密に』と頼んだはずである。無駄だったか。

「あなたのご主人、お二人とも熱中症で亡くなられたんですってね」

「それが何か？」

「しかも、お二方とも車の中で亡くなられています。変だと思いませんか？」

「私、疑われているんですか！」

「そうは言っていません。お二方が亡くなられたことについて詳しく教えていただきたいだけです」

それからこっちで入手した情報を元に質問を続けたが、奈美恵は口籠《くちごも》ることも言い淀むこともなく質問に答え、その答えに矛盾はなかった。しかし、想定問答を用意しておけば対処できることだ。

「そうそう。つかぬことをお尋ねしますが、五十嵐靖男さんは整形手術をされませんでしたか？」

「はあ？　整形？」

奈美恵が眉を持ち上げる。

「そうです」

奈美恵の顔が、今度は怒ったような表情になる。

「していません」

慌てた様子は見受けられないが——。

「では、この男性をご存知ありませんか？」

本物の五十嵐靖男の写真を見せた。

奈美恵は写真を一瞥《いちべつ》しただけで、眉一つ動かさずに「存じません」ときっぱり言った。

挙動不審な態度は全く見られない。ここは一旦引き、長谷川の指示を仰ぐべきか。

「どうもお手数をおかけしました」

＊＊＊

十一月十九日　日曜日　午前――

有紀は再び、五十嵐奈美恵の家を訪れた。上層部の方針で、マルＡが五十嵐靖男の戸籍を手に入れた事実を奈美恵に突きつけることになったのである。それ以外にも、マルＡの遺髪提供を求めて車も調べろとの指示だ。遺髪は未解決事件の現場に残されたＤＮＡとの照合に使う。他人の戸籍を手に入れるという離れ業をやって退《の》けたのだから、マルＡが過去にも罪を犯した可能性は大いにある。

インターホンを押すと奈美恵はすぐに応対に出たが、自分が警察にマークされていることが心外なのか、あるいは警戒しているからなのか、迷惑ですの表情を露骨に浮かべた。

「またこられたんですか」

「ええ。昨日お見せした写真のことでお話が」

「知らないと申し上げたはずですけど」

「それは分かっていますが、あの写真の人物のことでお伝えしなければならないことがあります。あの人物の名前は五十嵐靖男です」

一瞬だが、奈美恵の表情が変わった。

「主人と同姓同名？」

「いいえ。写真の人物が本物の五十嵐靖男さんです」

瞬く間に、奈美恵の眉間に深い皺が刻まれる。

「悪ふざけも大概にして下さい！」

「事実を申し上げているだけです。あなたが再婚したのは偽者の五十嵐靖男ですよ」

奈美恵が腰に手を当て、「馬鹿馬鹿しい！」と吐き捨てる。

演技で怒っているようには見えないが、これが演技だとしたら相当なタマだ。

「じゃあ、主人は何者なんですか？」

「それを調べているところで——。我々はマルAと呼んでいます」

見つめ返すと、奈美恵の顔に変化があった。怒りの表情から困惑顔になっていく。

「そんなこと、有り得ないわ……」

「突然のことですから動揺されるのは分かります」

演技でなければの話だが。

奈美恵がその場にへたり込み、両手で顔を覆って啜り泣き始めた。そして「有り得ない……。有り得ない……。主人に限って有り得ない」と繰り返す。

「できれば、マルAの遺髪を提供していただけないでしょうか？」

奈美恵が顔を上げた。マスカラが滲んでいるから本当に泣いたか。まあ、自分は無関係をアピールするためなら、出ない涙も必死で絞り出すだろう。女優だって簡単に泣いてみせる。

「過去の事件に関与している可能性もあります。ＤＮＡ鑑定をしたいもので」

「断れば私も疑われるんですよね。夫が別人に成りすましていたことを知っていたから遺髪の提供を拒否したと」

「ご想像にお任せします。どうでしょう？　提供していただけませんか？」

明らかに逡巡《しゅんじゅん》しているが、奈美恵は「分かりました。待っていて下さい」と言うと指先で涙を拭い、家の中に入って行った。

遺髪ならすぐに持ってこられる。これで時間がかかるようなら、今後の対策を練っているると見るべきだ。しかし、奈美恵は一分もしないで戻ってきた。遺髪を胸に大事そうに抱いて――。

有紀は現場検証用の白い手袋を嵌め、半紙に包まれた遺髪を受け取った。それをジップ付きのビニール袋に入れる。

「お願いついでと言っては何なんですけど、あなたが乗っている車も見せてもらえませんか？」

「車まで――ですか？」

「ええ。見せると何か不都合でも？」

奈美恵が溜息を吐き出し、力なく首を横に振る。

「どうぞご自由に？」

これも簡単に承諾した。すでにトリックに使った仕掛けを取り除いたからか？

「鑑識課の職員を呼んでも？」

「好きにして下さい。但し、ご近所の目がありますから、警察だと分からないようにしていただけませんか？　変な噂を立てられては迷惑ですから」

「では、車をお借りできませんか？　今日中にお返ししますから」

「分かりました」彼女が唇を噛んで家の中に入り、スペアキーを持って戻ってきた。「ここまでなさるんですから、車から何も出てこなかった時は名誉毀損で訴えますからね」

脅しのつもりか？

「ご自由に」と答えてスペアキーを受け取った。

松江グランドホテル刺殺事件

十一月二十三日　木曜日――

島根県松江市

部下がエレベーターのフロアーボタンを押し、板垣明信《いたがきあきのぶ》はもどかしさの中でドアが開くのを待った。板垣班に出動命令が下ったのは三十分前だった。帰宅して風呂に浸かっていたのだが、身体を洗う間もなく自宅を出て、この松江グランドホテルにやってきた。通報者であるフロント係によると、五〇七号室の宿泊客が刺されたという。被害者は男性で、近くの救急病院に搬送されたものの、ＥＲで死亡が確認されたと先ほど連絡があった。

するとと「班長」の声がかかり、板垣は振り返った。別の部下が足早に歩いてくる。

「ご苦労」

「被害者は？」

「亡くなったそうだ」

「気の毒に――」

エレベーターのドアが開き、三人はケージに乗り込んで五階のボタンを押した。

　五階フロアーに踏み出すと、廊下の先に鑑識の連中と制服警官が数人、それに私服の男性が一人いた。彼らの向こうのドアは開け放たれており、カメラのフラッシュと思われる閃光が室内から漏れる。

　歩を進めるとこっちに気づいたようで、私服の男性が敬礼した。初動捜査班のメンバーだ。

　三人も敬礼を返し、板垣は事件に至った経緯説明を求めた。

「マルガイの名前は森本隆久《もりもとたかひさ》さん、三十四歳。住所は島根県大田市仁摩町《おおだしにまちょう》です」

「大田市か――」

　島根県のほぼ中央、出雲市の西に位置している。

「第一発見者は森本さんの婚約者で、二人はシンガーソングライターのコンサートを観賞するために松江にきたそうです。そしてコンサートが終わってこのホテルに戻ったんですが、婚約者はコンビニまで買い物に行き、戻ってくると森本さんが襲われとったと証言しました。婚約者からの電話で駆けつけたんはフロントの支配人で、その支配人が警察に通報を」

　コンサートを観にきたというのに命を奪われることになろうとは――。被害者を気の毒に思いつつ、「婚約者の名前は？　今どこにいる？」と尋ねた。

「名前は大畑幸子《おおはたさちこ》さん。今はマルガイが搬送された病院におります」

「誰か張りついとるよな」

第一発見者を疑えは捜査の鉄則だ。詳しい事情が分かるまで自由に行動させるわけにはいかない。

「はい、婦警が——。片時も目を離すなと命じています」

「それならええ。婦警に連絡して、婚約者を病院で待機させておくよう伝えてくれ」

「了解しました」

「それで、婚約者の住所は?」

「マルガイと同じ大田市仁摩町です」

板垣達は現場に踏み入った。バスルーム前の床には夥《おびただ》しい量の血痕が残っている。中のレイアウトはどこにでもあるツインルームといったところだった。トイレ付きのユニットバスがあり、ベッドはシングルが二つ。備え付けの長テーブルと二組の椅子。壁に嵌《は》め込まれた大きな鏡。窓は嵌め殺しである。

板垣は部下達に目を振り向けた。

「防犯カメラの映像を調べろ。このグレードのホテルなら各階に設置されとるはずだけん」

部下達が部屋を出ると、さっきの刑事が入ってきた。

「マルガイは、腰にバスタオルを巻いただけの姿で仰向けに倒れとったそうです」

風呂上りに襲われたか——。

刑事の携帯が鳴った。

「ちょっと失礼。……おう、ご苦労。……うん。……うん。……そうか、分かった。婚約者から目ぇ離すなよ」刑事が板垣を見る。「マルガイが搬送された病院に行っとる者からでした。医師から詳しい話が訊けたと――。被害者の死因は失血死、腹部をメッタ刺しにされとるそうです――。それと、電流痕が数ヶ所」

「スタンガンか」

「ですが、防御創は一切なかったそうで」

つまり、被害者は油断していたということだ。そしてスタンガンの一撃を食らって昏倒し、刃物の追撃を食らった。犯人がオートロックの部屋に入ったということは、被害者と顔見知りだからに他ならない。そして被害者をメッタ刺しにしているのだから、被害者に深い恨みを持っていた可能性が高い。

「凶器の目途《めど》は？」

「医師は『包丁か刃幅のあるナイフだろう』と言うとるそうです。どの傷も幅が五センチ余りあるようで」

妥当な意見か。

板垣は改めて部屋中を見回した。ベッドスペースに血痕の類は見当たらない。となると、惨劇はドアからバスルームの前までの限られたスペースで完結したことになる。

廊下に出た板垣は、支配人を呼ぶよう制服警官に命じた。

ほどなくして、清潔感満点の黒服の中年男性が現れ、支配人であることを告げた。

「この部屋に駆けつけた時のことをもう一度お話し下さい」

「こちらのお客様からお電話があったのは十時過ぎだったと思います。婚約者が血塗れで倒れていると仰られるものですから、慌ててここに駆けつけました。被害者の方はバスルームの前で仰向けに倒れていて、女性は被害者の方の傷口を手で押さえて『死なないで』と」

支配人が顔をしかめた。被害者の無残な姿が脳裏に蘇ったのかもしれない。

「それで警察と救急に通報されたということですか」

「はい。ほとんど同時に駆けつけてこられましたが、救急隊が先でした」

「それまでどうされとりました？」

「被害者の方に心臓マッサージをしていました。出血が凄かったんですが、助かるかもしれないと思って――」

「その間、ずっとこの部屋に？」

「はい、婚約者の方も。そして救急隊員が被害者の方を運び出し、警察が婚約者の方と私に事情聴取を」

その後、婚約者が婦警に付き添われて病院に行ったということか。

「どうもありがとうございました。改めて事情をお訊きすることがあるかもしれませんが、どうかご協力下さい」

支配人を解放した板垣は、婚約者からも事情を訊くべくホテルを出た。警察車両に乗り込んで被害者が搬送された病院を目指す。
七、八分して目的の病院に到着し、夜間通用口から院内に入った。壁に貼られている院内図を睨みつけて霊安室を探すと、地下一階にあることが分かった。遺体はすでに霊安室に運ばれているはずだ。
霊安室のドアをノックするや、ドアが開いて男性が顔を出した。この男も初動捜査班のメンバーだ。

「ああ板垣さん、ご苦労様です」

「マルガイの婚約者は？」

「中にいます」

霊安室にそっと足を踏み入れると、遺体に縋って泣き崩れている辛子色のセーターを着たショートヘアーの女性がいた。婦警もいる。

「大畑幸子さんですね」

彼女が振り向いた。整った顔立ちの女性だった。鼻筋もとおっている。しかし、切れ長の目は真っ赤に充血し、アイラインもマスカラも滲んでいた。服も血塗れだ。年齢は三十代前半といったところか。

「島根県警捜査一課の板垣と申します。この度はお気の毒でした」

彼女はただ頷くだけだった。痩せた肩は小刻みに震えている。

板垣は婦警を手招きした。

「何でしょう?」

婦警の耳元に口を寄せ、「彼女が一人になったことは?」と小声で尋ねる。

「私が現場に駆けつけてから今まで、一度も一人になっていません」

「そうか。ご苦労だった」婦警の肩を叩いた板垣は、項垂《うなだ》れる婚約者の横に足を運んだ。

「少しお話を――」

大畑幸子が力なく立ち上がった。

彼女を廊下に誘った板垣はベンチを勧め、職務を遂行するべく事情聴取を始めた。

「ご心中、お察しします。しかし、一刻も早く犯人を検挙せなりません。どうかご協力を」

「――はい……」

「確認ですが、あなたと森本さんはコンサート鑑賞のために松江にこられたそうですね」

「ええ。ずっと楽しみにしとったんです……」

「コンサートが終わってホテルの部屋に戻られたそうですが、コンビニまで買い物に行かれたんですよね」

「ええ」

「どんな買い物を？」

　彼女が明らかに言い澱んだ。

「言えませんか？」

「生理用品です。予定より早ぅ始まってしもぅて、手持ちがなかったもんですけん」

「これは失礼――」答え難いわけだ。「どちらのコンビニですか？」

「ホテル前の道沿いにあって、ホテルから松江城に向かって六、七分だと思います。部屋を出てから十五分ほどして戻ったんですけど、まさかあんなことになっとるなんて……」

　語尾は涙声となり、彼女が両手で顔を覆った。指の隙間から涙が伝う。買い物の時間を入れれば、往復十五分で辻褄は合うが――。

「誰か尋ねてくる予定は？」

「ありませんでした」

「では、あなたと森本さんがあのホテルに宿泊することを知っとった人物は？」

「二人います――。数日前、隆久さんの家で飲み会があって、その時に『週末、コンサートを観に松江に行く』と話しました」

「ホテルの名前も」

「ええ。どこに泊まるんかと尋ねられましたけん」

「どうして松江グランドホテルに泊まられたんですか？　大田市仁摩町にお住まいなら帰

ることもできたでしょう？」

「何でと言われても――。仁摩までは車で二時間かかりますし、コンサートが終わってから食事とかしとったら仁摩に帰るんは夜中になります。だけん、隆久さんがホテルに泊まろうって――」

「そうですか。他に、あなた方が松江に行くことを知っとった人物は？」

「それは分かりません。隆久さんと友人二人が誰かに話したかもしれませんし――」

「では、あなたは誰にも話していないということですね。ご友人お二人のお名前は？」

「橋田富雄《はしだとみお》と山根律子《やまねりつこ》です。どちらも仁摩町で暮らしています」

「森本さんとあなたも仁摩町にお住まいでしたよね」

「はい。四人は幼馴染で――」

板垣は、二度三度頷いた。

「あなたと森本さんのご職業は？」

「隆久さんは遠洋マグロ漁船の船員で、私は大田市内の大手スーパーで働いています」

「では、ご友人達の職業は？」

「橋田君は仁摩町内にあるアルミニウム工場で事務職を、山根律子は仁摩診療所の看護師です」

二人の住所は大田市役所に問い合わせれば分かるだろう。

「あのぅ」板垣は頭を掻いた。「失礼は重々承知しとりますが、所持品を見せていただくわけにはいきませんか?」

大畑幸子がきょとんとした顔を向けてきた。

彼女が犯人ということも有り得るから、犯行に使われた凶器を所持していないか確認しなければならない。拒否すればそれは即ち、凶器を所持している可能性が高いということだ。

板垣の考えを察したようで、彼女が目を吊り上げた。

「私、疑われとるんですか!」

「そういうわけではありません。しかしながら、これも職務なんですよ。お察し下さい」

涙に濡れていた彼女の目に、怒りの色が浮かんだようだった。だがそれは、すぐに呆れたという表情に変わった。

彼女が立ち上がり、大きな溜息を吐き出す。そしてショルダーバッグを開けて逆さにすると、尚もバッグを乱暴に揺さぶり、ベンチの上に中身をぶちまけた。

「好きなだけ調べて下さい!」

彼女に愛想笑いを返した板垣は、「拝見します」と断ってから散乱した小物類に目を向けた。財布、携帯、手帳、化粧ポーチ等々、どれも刃幅のある刃物を隠せるような物はない。全て手に取ってみたが、やはり刃物は一切なかった。無論、ショルダーバッグ自体も調べたが、中は完全に空っぽだった。

バツの悪い顔で彼女を見た板垣は、「どうも失礼しました」と言って頭を下げた。

「もういいですか？」と荒い口調の声が返ってくる。

だが、身体検査はまだ終わっていないのだ。「もう少し待って下さい」と答え、さっきの婦警を呼んで大畑幸子の身体検査をするよう命じた。

憤懣《ふんまん》やるかたなしといった顔の大畑幸子が、婦警に連れられてトイレに歩いて行く。

待つこと数分、二人が戻り、婦警が板垣の耳元で「刃物は隠し持っていませんでした」と答えた。

大畑幸子はというと、こっちを睨みつけている。かなり頭にきているようだが、まあ、無理もない。

すると彼女の様子が一変した。目が虚《うつろ》となって身体がぐらりと揺れ、その場に崩れ落ちていく。

だが、異変を察した板垣が素早く彼女の身体を支えて事なきを得た。

「おい。医者を呼べ」

婦警が駆け出して行く。

「大丈夫ですか？」

大畑幸子が頷く。

「――私、貧血持ちで……。すぐに良ぅなりますけん――」

彼女をベンチに座らせると携帯が鳴った。防犯カメラの映像をチェックしている部下からだ。少し移動して携帯を耳に当てる。
「どうした？」
《五階フロアーの防犯カメラに不審な人物が映っとりました。ちょうど、五〇七号室を映しとって》
「男か？　女か？」
《男です。その男なんですが、婚約者が部屋を出た直後に五〇七号室を訪ね、中に入ってから一分ほどで部屋を出とります。おまけに、手には包丁らしき物を持っとって》
「何だと！　顔は分かるか？」
《いいえ。マスクとサングラスをしとります》
防犯カメラを警戒したということか。
《それと、部屋から凶器は見つかりませんでした》
窓は嵌め殺しだったから外に捨てることは不可能だ。大畑幸子は完全にシロである。
「分かった、すぐそっちに戻る」
犯人は被害者が一人になるのを待って犯行に及んだということか？　それなら大畑幸子が部屋を出て行くのをどこかで見ていたことになるが——。あるいは、被害者と彼女の両方を殺すつもりだったのか？　いや、それなら部屋に留まって彼女の帰りを待っていただろう。となると、被害者を殺す目的であの部屋を訪れ、彼女がいれば口封じのために被害者もろとも殺すつもりだったと考えるのが妥当か。いずれにしても、彼女が無事で何よりだった。

第三章

1

十一月二十四日　金曜日　午後――

五十嵐奈美恵の監視作業を内山から引き継いだ東條有紀は、鑑識からの報告書の内容を反芻した。

奈美恵の車のオルタネーターは正常で、ブラシの摩耗もほとんどないことが分かった。他に調べたのは毛髪の有無。マルAに共犯者がいて、その共犯者のＤＮＡが警察の犯罪データに登録されている可能性もあるし、マルAがどこぞの国の工作員を乗せ、その工作員のＤＮＡデータが登録されていることも考えられるからだ。奈美恵の毛髪が残っているのは当然だから、それを排除するためにも彼女の毛髪も手に入れた。本人がこっちの目の前で前髪の一本を抜いたのだった。したがって、車内にあった指紋採取も行った。結果、指紋に関しては該当する人物は無し。

しばらくして、奈美恵が車に乗って出てきた。尾行開始だ。

それから十分近く走り、奈美恵は大型スーパーの駐車場に車を止めた。有紀も一〇メートルほど離れたスペースに車を止める。

買い物袋を肩にかけた彼女がドアを施錠した。有紀も車を降りてドアをロックし、少し距離を取って奈美恵の背中を追う。

カートを押す彼女がまず足を運んだのは野菜売り場だった。そこでキャベツと玉ネギ、菜っ葉を買い物カゴに入れた。野菜の種類には疎《うと》いから、青梗菜《ちんげんさい》か小松菜だと思う。次に彼女は鮮魚コーナーに行き、刺身の盛り合わせを買い物カゴに入れた。それから豚ひき肉、牛肉の切り落とし、豆腐、牛乳、野菜ジュース、いちごのショートケーキ等を買い、レジに足を向けた。やはりただの買い物か。有紀はというと、買い物カゴに缶コーヒーを入れていた。

奈美恵は清算を終え、サッカー台でカゴの中の品々を買い物袋に入れている。

「袋はお持ちですか？」

レジの中年おばさんが愛想を振り撒いてくる。

「いいえ」と答えてレジ袋をもらい、支払いを済ませた。

買い物袋を提げた奈美恵が歩き出し、再び彼女の背中を追った。駐車場に向かっている。

そして彼女は車の鍵を開け、後部座席に荷物を置いた。

結局、奈美恵はどこにも寄らずに帰宅し、有紀はさっき買った缶コーヒーに口をつけた。

ジャケットの内ポケットから手帳を出し、内山から受けた報告を読み返す。

一――。午前七時、新聞を取りに出てくる。二――。午前十時、郵便局員きたる。捺印を求めたようだから書留か。差出人不明。三――。午後一時、蕎麦屋きたる。昼飯を作るのが面倒だったか。そして最後に、『四――。午後三時、スーパーに買い物。午後三時四十分、帰宅』と書き足した。

それからしばらくして携帯が鳴った。長谷川からだ。

「奈美恵に動きはありません」

《そのことで電話したんじゃない。午後五時から、本庁庁舎七階の第一会議室で緊急捜査会議が開かれることになった》

「何か進展が？」

《ああ、驚くぞ。詳しいことは捜査会議で》

午後五時前に警視庁に戻り、第一会議室に足を運んだ。だが、中の様子に違和感があった。左のスペースに誰もいない長机が四つ並んでいる。

「班長。誰かくるんでしょうか？」

「合同捜査になった」

他班も参加？

ほどなくして会議室後方の扉が開き、五人の厳《いか》つい男達が入ってきた。角刈りの男が一人と坊主頭の男が一人、スキンヘッドの男が一人、オールバックが二人。全員すこぶる人相が悪く、誰もが明らかにワンサイズ大きそうなダブルのスーツを着て、しかもノーネクタイで首には金やら銀のネックレスときている。これほどガラの悪そうな連中は組織犯罪対策部をおいて他にいない。いくらヤクザ連中を相手にしているからといって、ファッションまで真似ることはないだろうに——。

「先輩。組対ですよね」と右隣の元木が言う。

「そのようね」

前の席にいる楢本が振り返り、「東條。あのスキンヘッドの男は組対一係第三班の班長で名前は三浦だ」と言った。

三浦班の五人が長机の二つに陣取った。しかし、どうしてあと二脚も長机があるのか？

今度は会議室前方の扉が開き、しかめっ面の痩身男性とガタイの良いごま塩頭の男性が入ってきた。痩身男性は瞬間湯沸かし器の異名を持つ管理官、ガタイの良い男性は八係の係長だ。続いて、普通のスーツ姿の男が四人続く。

左隣の内山が、「マムシのところの連中だぞ」と有紀に言った。

マムシとは長谷川の同期で、捜査一課第五強行犯捜査第三係第四班の頭の綽名《あだな》だ。本名は蛭田俊郎《ひるたとしろう》、蛇のように、一度狙いをつけた容疑者に徹底的に喰らいつくことからマムシと呼ばれるようになったらしい。

「連中まで捜査に加わるとはなぁ」

蛭田の部下達が空いている長机に着き、ややあって咳払いが聞こえた。蛭田も会議室に入ってくる。地味なダークグレーのスーツを纏《まと》い、白髪が目立つ髪をオールバックに固めている。長谷川よりも老けて見えるのは白髪のせいか。それにしても、相変わらず眼光が鋭い。最後に事務方の女性職員が入ってきて、Ａ４判の茶封筒を捜査員達に配り始めた。捜査資料だろう。

それは有紀の手にも届けられ、封筒は三つあった。それぞれに番号が書かれている。資料の配布が終わるや、「揃ったな。始めようか」と管理官が言った。

長谷川の号令で「起立」、「礼」、「休め」と続き、まず係長が口を開いた。

「五十嵐奈美恵から提供された遺髪だが、ＤＮＡを調べた結果、このＤＮＡの主が迷宮入りしていた二つの事件に深く関与していたことが明らかになった。一つは、二〇一二年一月に東京都狛江市で起きた暴力団員射殺事件。そしてもう一つが、同年四月に東京都北区で起きた荒川赤羽桜堤緑地《あらかわあかばねさくらづつみりょくち》殺人事件だ」

「嘘だろ。あの二つの事件が絡んでいたのか」と内山が言う。

有紀もそう口走りたい心境だ。当時はまだ所轄の刑事課にいたが、この二つの事件のことはよく覚えている。槙野は大事になると言っていたが、そんな生易しい状況ではなくなってきた。

元木はと言うと、目を瞬かせている。だが、蛭田班の連中と三浦班の連中に驚いている様子はない。全てを聞かされてからこの会議に臨んだようだ。

「この二つの事件、荒川赤羽桜堤緑地殺人事件のマルガイの爪に残っていた血液のＤＮＡと、暴力団員の衣服に付着していた唾液のＤＮＡが一致したため、同一犯による犯行と断定して蛭田班と組対二係が合同で捜査を進めていた。つまり、五十嵐奈美恵の再婚相手のＤＮＡと、その二つの事件で採取されたＤＮＡが一致したということだ」

蛭田班にとってはリベンジといったところか。だがまさか、こんな形で迷宮入りした事件の手がかりが摑めるとは思ってもみなかっただろう。それよりもマルＡだ。二つの殺人に関与していたということだが、某国の工作員が、明らかに警察が介入してくるような派手な事件を起こすだろうか？　水面下に潜み、秘密裏《ひみつり》に情報収集に務めるのが本来の姿ではないのか？　となると、背乗りの可能性は低いかもしれない。

「できれば、組対二係にも再捜査のチャンスを与えたかったが、残念ながら別件の捜査で手一杯。そんなわけで組対一係の三浦班に参加してもらい、長谷川、蛭田、三浦の三班体制で今後は捜査を行う」

本庁の捜査員だけで動くのは久しぶりだが、組対二係はさぞ悔しい思いをしていることだろう。しかし、別件を抱えているなら仕方がない。

「すでに長谷川班は、五十嵐奈美恵の再婚相手をマルＡと呼んでいる。蛭田班も三浦班も倣《なら》ってくれ。それと、当初はマルＡが背乗りした可能性も視野に入れていたが、過去の二つの事件を鑑《かんが》みて、背乗りの可能性は低いと結論した」

やはりそうか。これで公安が介入してくることはなくなった。

「まず、手元の資料①からだ」と管理官が言う。「これは俺が説明する」

資料を引っ張り出すと、血の海に浮かぶ無残な射殺体の写真が数枚あった。どれも顔面に複数の銃弾が打ち込まれており、胴体と下腹部にも複数の着弾痕がある。人一人にこれだけの銃弾を打ち込むとは――。

「事件が起きたのは二〇一二年一月十七日午前一時過ぎ、現場は東京都狛江市東和泉〇〇―一、スナック『カトレア』。カウンター席だけの小さな店だ。射殺されたのは狛江市に拠点を置く極星会若頭補佐・桑田智之《くわたともゆき》、当時三十二歳。『カトレア』の経営者とホステス一名によると、桑田がカラオケを熱唱中にマスクとサングラスをした男が入ってきて、無言のまま桑田の顔面を銃撃。桑田が昏倒すると、男は桑田に追撃を加えて全弾撃ち尽くし、マガジンを交換して再び桑田に全弾を打ち込んだ。その後、マスクを外して桑田に唾棄《だき》。そして再びマスクをしてから店を出たらしい。経営者とホステスは恐怖のあまり外に出ることができず、すぐに警察に通報した」

マガジンを交換したというからオートマチック拳銃だ。遺体に唾棄までしたというし、桑田に相当な恨みを抱いていたと思われる。

隣の元木が、「かなり荒っぽいですね」と言う。

「ええ。槙野さんから受け取った写真のマルAは穏やかな表情をしていたけど――」

「犯人の逃走経路は不明で、遂には迷宮入りした。質問は？」

長谷川が挙手した。

「極星会について詳細は？」

「それは俺がしよう」三浦が申し出た。「表向きは準構成員を含めて三十名ほどの規模だが、ハングレ連中を五十人以上飼ってる」

暴対法の改正によって暴力団組員でいることのリスクが増え、ヤクザ連中も対抗策として、若者を組員としてではなくハングレとして飼うことを思いついたと聞く。それなら暴対法に引っかからずに勢力を維持できるからだ。

「極星会のシノギは？」

「風俗店の経営、ノミ屋、土木作業員の手配師まで手広くやってる。それと十年ほど前に、シャブの売買で摘発されたことがあった」

管理官が咳払いをし、「次は荒川赤羽桜堤緑地殺人事件だ。資料の②を見てくれ」と言った。

それを茶封筒から引っ張り出した。これにも被害者の写真が添付されているが、顔の判別が全くできない。まるで生のミンチ肉の如くに徹底的に潰されているのである。衣服も身につけていない。

管理官が蛭田に目を向ける。

「事件の詳細を」

蛭田が頷いて立ち上がる。

「通報があったのは二〇一二年四月三日の午後十時過ぎ、荒川赤羽桜堤緑地を車でとおりがかったアベックがマルガイを発見しました」

そんな時間にあの場所に行ったということは、情事目的のアベックだったのだろう。有紀は話の続きに耳を傾けた。

「我々が現場に駆けつけたところ、マルガイは全裸で顔面を完全に潰されていました。死因は複数ヶ所を刺されたことによる失血死、切創は背中に二ヶ所と胸部に三ヶ所。解剖の結果、致命傷は右胸部の傷と判明しました。傷の深さは一七センチで、他の傷も深さが一〇センチ以上あって傷幅はどれも三センチ強。そのことから、凶器はナイフ、もしくは細身の包丁と推測され、犯人はマルガイの隙を衝いて背中を二度刺し、倒れたマルガイに馬乗りになって胸部を三回刺したと結論されました。我々は顔見知りの犯行だと目星をつけたんですが、いかんせん、マルガイの身元に繋がるような物が一切見つからず、顔見知りの人物の特定さえもできぬまま捜査本部も解散に――。しかし幸いにも、今般、マルガイの爪に残っていた血のDNAがマルAのDNAと一致。何かご質問は？」

三浦が挙手した。

「殺害現場は？」

「発見現場に大量の血痕が残っていたことから、発見現場で殺害されたと見て間違いないでしょう。他所《よそ》で殺害されて現場に運ばれたのなら、あれほど大量の血痕が現場に残るはずがありませんから」

今度は長谷川が挙手した。

「顔見知りの犯行と判断した根拠は？」

「ただの強盗や通り魔なら顔を潰したりしない。遺体の身元が割れれば、当然、我々はマルガイの知人達に事情聴取する。それを恐れたからこそ、犯人は遺体を裸にして顔まで潰したと結論した。更に、マルガイの指紋がそのままだった。顔まで潰しているのにだ。それは何故か？　犯人が、マルガイに犯罪歴がないことを知っていたからに他ならない」

「そうだ」と管理官が言った。「マルガイの犯罪歴の有無まで知っていたとなれば、マルガイとマルAはかなり親しい間柄にあったと推察できる。それと、このマルガイこそが失踪している五十嵐靖男本人ではないかと推察するが、確証が欲しい」

「管理官」と係長が言った。「五十嵐靖男は児童養護施設で育ちましたが、捨て子ではなく両親の交通事故死によって施設送致となっています。両親の墓を見つけ出し、遺骨のDNAとマルガイのDNAを照合してみては？」

「よし、すぐに五十嵐靖男の両親の墓を探せ。長谷川、最後はお前だ。戸籍乗っ取りの情報を入手した経緯と、現在までの内偵状況を話せ」

それから五分ほどで長谷川の説明が終わり、管理官が首筋を掻いた。

「顔を潰された男とマルAの接点はどこだ?」

「一つ提案が」と蛭田が言う。

「何だ?」

「パチンコ屋を当たってはどうでしょう? ご存じのように、パチンコ屋にはワケアリの人間が多く働いています」

確かにそうだ。パチンコ屋の従業員の中には脛《すね》に疵《きず》を持つ人間が少なからずいる。何よりも、パチンコ屋は寮を完備しているし、面談即決で採用されることが殆どだから、昔から逃亡犯が転がり込むにはうってつけの施設とされている。槙野の報告にもあったように、五十嵐靖男は大東洋印刷をリストラされた。当時は就職氷河期の最たる時期で、五十嵐靖男も再就職先が見つからずに緊急避難的な考えでパチンコ屋に職を求めた可能性がある。

「いいだろう。お前の班と長谷川班は全国のパチンコ屋を洗え。各都道府県の警察にも協力要請しておく」

「五十嵐奈美恵については?」と係長が訊く。「何も知らずにマルAと結婚したんでしょうか?」

「問い詰めてみるか。長谷川、任意で引っ張ってこい」

「承知しました」

管理官が捜査員達を見回した。

「よく聞け。各班、入手した情報は独占せず必ず他班と共有すること。本日の会議はこれまで」

捜査会議が終わっても、やはりマルＡのことが浮かんでくる。他人に成りすますために五十嵐靖男を殺したとしても、どうしてヤクザまで殺したのか。


午後八時――

五十嵐奈美恵の家のインターホンを押して身分を告げると、あからさまに迷惑そうな声が返ってきた。

《今度は何ですか？》

「ご協力をお願いしたいんです」

《お待ち下さい》

玄関ドアが開き、奈美恵が出てきた。

門扉の前で頭を下げると、不機嫌顔の奈美恵が「協力って？」と言いながら近づいてくる。

「それをお話する前に幾つか質問が――。マルＡはあなたに、児童養護施設で育ったと話しましたか？」

「ええ。涼風園だったかしら」

「その涼風園の園長さんが訪ねてきたでしょう？」

「はい。それが何か？」

「あなたは何故か、涼風園の園長が訪ねてきた時、彼女に随分と冷たい態度を取ったんですってね。初対面の人間に対して、どうしてです？」

「主人から、『涼風園の園長に随分と苛《いじ》められた。だから、あの女が世の中で一番嫌いだ』って教えられたからです」

本当だろうか？　それよりも彼女は今、確かに主人と言った。まだ現実を受け入れられないのか？　それとも傷心の女を演じているのか？

「ところで、あの写真の男性はどこにいるんです？　主人との関係を教えてもらわないと」

「恐らく生きていないでしょう。マルAに殺された可能性が大です」

奈美恵が大きく目を見開く。

「それで、協力というのは？」

「警視庁までご同行願えませんか？　あっちでもっと詳しいお話を」

「そういうことですか」奈美恵が有紀を睨む。「断ったら、怪しいと思うんでしょう？」

「いいえ」

「嘘を仰い、あなたの顔にそう書いてあります。分かりました、支度しますから待っていて下さい」

任意同行にも応じたか――。本物の五十嵐はマルAに殺されたと教えた時の顔は、明らかにそれ以前に見せた驚きの顔とは違っていた。本当にマルAの正体を知らずに結婚したのかもしれない。しかしそうであっても、夫二人が同じ死に方をし、彼女の手に九千万円もの大金が転がり込んできたことは紛れもない事実だ。

2

十一月二十六日　日曜日――

リビングでニコルをブラッシングしていると、東條が電話を寄越した。

《先日は貴重な情報提供をしていただき、ありがとうございました》

「よせよ、水くせぇ。それより、大事《おおごと》になってんだろ？」

《大事なんてもんじゃありませんよ。三班体制で捜査に当たることになってしまって――》

「そんなに増員がかかったのか！」

《槙野さんだからお話ししますけど、やはり、五十嵐さんの戸籍は乗っ取られたと思われます。我々は、五十嵐さんに成りすましていた男をマルAと呼んでいます》

「背乗りか？」

《いいえ、その線は薄いと上層部が結論を――。というのも、マルAが二つの迷宮入りしていた殺人事件に絡んでいたからです。工作員なら、そんな目立つことは避けるはずですから》

「おいおい、そいつは穏やかじゃねぇな。どことどこで起きた殺しだ？」

《他言無用ですよ》

「分かってるって、心配すんな」

ブラシを置いて缶ビールに口を付けた。

《一つは、五年前の四月に北区赤羽の荒川赤羽桜堤緑地で起きた殺人事件。マルガイは顔を徹底的に潰されていました》

「そういえば、そんな事件があったな。もう一つは？」

《同年一月に東京都狛江市で起きた、暴力団組員の射殺事件です》

思わず缶ビールを落としそうになった。あの迷宮入りした事件にマルAが……。では、班長達が再捜査のチャンスを摑んだのか？　そうなら、これほど嬉しいことはない。あの不祥事で、仲間だった連中にはどんなに詫びても詫び切れない迷惑をかけた。それが偶然とはいえ、こっちが提供した情報で彼らに名誉挽回のチャンスが巡ってきたかもしれないのだ。これを天の配剤《はいざい》と呼ばずにいられようか。班長をはじめ、仲間だった連中の顔が浮かんでは消えていく。

《どうされました？》
「何でもねぇ。それで、組対からも増員されたんだろ？」
《はい。一係の三浦班が》
途端に落胆する。班長達ではなかった。恐らく別件を抱えているに違いないが、どれほど悔しい思いをしていることか。心中は察して余りある。次いで、あのスキンヘッド男の顔が像を結んだ。
「海坊主が出張ってきたか」
《海坊主？》
「三浦さんの綽名だよ。もう一つの班は？」
《捜一第五強行犯捜査第三係の蛭田班で、赤羽の事件も担当していました》
「マムシか」
《はい。三浦班は組関係を洗い直すそうで、蛭田班と我々は五十嵐さんとマルAの接点を探ることに――》
「五十嵐奈美恵のことは？」
《任意で引っ張りましたが、マルAのことは知らぬ存ぜぬで――。『主人とは二年前に陶芸教室で知り合い、一年交際してから結婚した。主人からも、児童養護施設で育ったことや、夜間高校と夜間大学に通っていたことは聞いている。でも、主人はそれ以外の過去を話したがらなかった。だから私は、主人は天涯孤独で育って嫌な思いも沢山しただろうから昔のことを話したがらないと思っていた』って――》

奈美恵が嘘をついているのか、あるいは真実を言っているのか――。

「マルAは奈美恵に、涼風園の園長が世の中で一番嫌いだとも話していたそうです。彼女の話を好意的に受け取れば、『万が一自分が留守の時に園長が訪ねてくるようなことがあれば、全てが露呈してしまうとマルAが考えたから』と解釈できなくもありませんが――」

「怪しいもんだな」

《ええ。裁判所が勾留許可を出してくれましたから今後も厳しく追及する方針です。それと、彼女を内偵していたのは捜一第七強行犯捜査第六係で、彼女の最初の夫も熱中症で死んでいました》

「ホントかよ」

《生保会社からの通報で内偵を開始したそうですけど、マルAもその前の夫も、熱中症で死んだことは間違いないと結論して内偵を終わらせていました》

東條が、六係が内偵した一部始終を教えてくれた。

《槙野さん、事件解決の折には金一封が授与されるかもしれませんね。楽しみにしていて下さい》

「わざわざ知らせてくれてありがとな」

携帯を切った槙野は、書斎に籠《こも》って忘れ去りたい過去と向き合うことにした。あの時に捜査を続けられていたら、射殺事件は解決を見ていたかもしれないのだ。それもこれも全て自分のせいで、今も思い出す度に気が狂いそうなほどの罪悪感に苛《さいな》まれる。あの日あの時、耳元で囁かれた甘い誘惑を撥ねつける強い心があったなら……。

ニコルの頭を撫でて立ち上がり、階段を駆け上がって三畳の狭い洋室のドアを開けた。ここは書斎兼、調査データの保管庫でもある。

デスクスタンドの明かりを灯し、デスク横のスチールラックを開けた。刑事を辞めた今も事件ノートを捨てられず、ここにしまい込んでいるのだ。当然、狛江市で起きた射殺事件の記録もあり、それに関する推理や疑問点なども書き込んである。

ノートの束から一冊を選び出し、ページを捲った。

記憶の世界から現実に立ち返った槙野は、改めて死体の写真を見た。文字どおりの蜂の巣だ。おまけに、マルAは桑田に唾棄までしている。ヤクザ間の抗争で銃撃事件が起こっても、ここまで蜂の巣にした例はない。だから、個人的な恨みによる殺しではないかと考え、桑田の知人関係を当たろうと考えた。しかし、あの不祥事で捜査から外されて何もできず、遂には警察まで追われることになってしまったのだった。

裏社会と接する世界に長く身を置いていると、暴力団関係者ともそれなりに顔見知りとなり、情報収集という名のもとに彼らと持ちつ持たれつの関係ができ上がっていた。そんな時に運悪くギャンブルで負けが込み、サラ金に手を出したのが間違いの元だった。借りた金が焦げつき始め、毎月の返済にも事欠く始末。そんなこっちの足元を、ヤクザ連中は見逃さなかった。どこでどう調べたのか分からないが、『旦那、金《たま》を少し回しましょうか。但し、条件がありますが——』の声に心が揺らぎ、一度だけならの思いで闇カジノへのガサ入れ情報を流してしまったのである。結局、そのことが上層部の知るところとなり、辞表を受理されることなく、退職金も受け取れぬまま警察を去るハメになった。

仲間達の顔が浮かんでは消えていく。どれほど彼らに迷惑をかけたか、特に班長には——。捜査員が一人減るということは集まる情報も減ってしまうことを意味し、それは班を任される者にとってどれほどの痛手だったか。あんな不祥事を起こさなければ、こっちが摑んだ情報で狛江の事件は解決していたかもしれないのだ。

もし、三浦班が事件解決の糸口を見つけたら、あるいは、事件そのものを解決する決定的な証拠を摑んだら、別件を抱え、指を咥えて見ていることしかできない仲間連中はどれほど悔しい思いをするだろう。動きが取れない彼らに代わって、自分にできることはないだろうか？

そうだ！

この手で事件解決の糸口を見つけるべきだ。五十嵐靖男の調査で戸籍乗っ取りの事実を突き止めたのが天の配剤なら、全ての真相を突き止める定めも背負っているかもしれない。あの時の贖罪《しょくざい》をしろと、天が命じているのかもしれない。

そう思うと居ても立ってもいられなくなった。だが、仕事をしながらできるような生易しい調査ではない。まとまった休みがいる。こうなったら、鏡に土下座してでも長期休暇をもらうしかないか。麻子にも話さなければなるまい。

書斎を出た槙野はキッチンを覗いた。麻子が洗い物をしている。

「ちょっといいか？」

「何？」

麻子が振り返って微笑む。

「しばらく仕事を休むことになる」

麻子が皿と布巾《ふきん》を持ったまま、「はぁ？」と言う。

「仲間達に借りを返してケジメをつけてぇんだ」

「何が言いたいのか分かんないわよ。ちゃんと説明して」

麻子が皿を食器棚に仕舞い、キッチンテーブルの椅子に座った。

＊＊＊

十一月二十七日　月曜日――

事務所に顔を出した槇野は、「おはようございます」と言う早瀬と高畑に「オハヨ」と返し、鏡のデスクの前に立った。

鏡が槇野の顔を仰ぎ見る。

「どうした？　そんな怖い顔して」

「何も言わずに休暇を下さい」

麻子は許可してくれた。そしてこう付け加えた。『あんたのお陰で私は過去と決別できた。今度は、あんたが過去の負い目を断ち切ってきなさい』と。

「そういやぁ、有給一日も取ってなかったな。だけど、土曜の夜に浮気調査の依頼があってな。それが終わってからなら、二、三日休みをやってもいいぞ。奥さんと旅行にでも行くのか？」

「違います、それに、休暇は長期希望です」

「長期？　どれくらいだ？」

「分かりません。一ヶ月になるか二ヶ月になるか、いえ、もっとかも――」

鏡が腕組みする。

「お前、熱でもあんのか？」

「ありませんよ」

早瀬を横目で見ると、高畑とヒソヒソ話している。

「ちょっとこっちにこい」

鏡が立ち上がり、二人は別室に移動した。

「何があった？」

「五十嵐さんの調査が事の発端です」

長々説明して、ようやく鏡が合点してくれた。

「まさか五十嵐さんの戸籍を乗っ取った奴が、あの射殺事件の犯人だったとはなぁ」

「あの時、俺の不祥事で仲間達に迷惑をかけてしまいました。ですから、身動きできない仲間達に代わって真相を突き止めようと思います」

鏡が眉根を寄せる。

「お前一人で何ができる」

「できないかもしれませんが、じっとしてはいられません」

「いいか、お前が長期休暇を取ったら業務に支障が出るって分かってるよな」

「十分に――」

「二ヶ月も三ヶ月も休みなんかやれるか」

まあ、そう言われることは覚悟していた――。しかし、はいそうですかと引き下がれるか。そこを何とかと言おうとした矢先、鏡が「しかし」と言った。

「え?」

「ダメだと言ったところで泣きつくんだろ?」

「ええ、まあ――」

頭を掻いた。

「仕方ない、一ヶ月だけ休暇をやる。それで何も摑めなかったら諦めろ。お前だって、仲間達のために少しは骨を折ったと思えるだろう?」

早瀬はまだ半人前だし、経営者の鏡としても、無期限休暇を承諾することなどできるはずがない。

それは当然だと思うし、こっちとしても我儘《わがまま》を言っているのだから妥協するところは妥協しなければなるまい。一ヶ月の休暇で手を打つことにした。鏡の親心に感謝だ。

「分かりました。それで結構です」

「昔から手の焼ける野郎だな。言い出したら聞きかないし」

それはあんただ。

「すみません。感謝します」

だが、期限を切られた以上、やれる範囲は狭まってくる。

こうなったらあの男を使うか――。

ずんぐり体型で丸メガネの男の顔が浮かぶ。弁護士の高坂《こうさか》左京《さきょう》だ。中野区内に自宅兼事務所を構えているが、どうせ今月も弁護依頼がなくて困っているだろう。ヘソクリが多少あるから、それを人件費と諸経費に使うことにした。

「で、いつから休む？」

「今日からでいいですか？」

「好きにしろ。但し、たまには連絡を入れろよ」

「はい！」

別室を出た槙野は、長期休暇を取ったことを早瀬と高畑に伝えた。

「海外旅行ですか？」

高畑が脳天気に訊く。

「似たようなもんだ」と答えておいた。早瀬には鏡が説明するだろう。事務所を後にし、早速、高坂を呼び出した。

《はい！》

相変わらずワンコールで電話に出た。暇を持て余している証拠だ。

「おう、先生。忙しい――わきゃねぇよな」

《恥ずかしながら……》

「仕事だ」

《助かります。今月、まだ一件も弁護依頼がないんですよ》

安堵の溜息が聞こえてくるようだ。

「仕事といっても、いつもの仕事とは違う。俺個人の依頼だ。だから、日当はいつもどおりには出せねぇ」

《個人的な依頼？》

「うん。丸々ひと月、二十万で手を打ってくれ」

弁護士先生を雇うには少々気が引ける金額だが、諸経費のことを考えるとそれ以上出すのは無理だ。無い袖《そで》は振れないのである。

《いいですよ。槙野さんの頼みなら》

「ありがてぇ。詳しい説明をしてぇから、これから行っていいか？」

《どうぞ。お待ちしています》

不味いインスタントコーヒーを飲み干した槙野は、居住まい正して高坂を見据えた。それからたっぷり時間をかけ、戸籍乗っ取りのことから射殺事件の詳細までを伝えたが、警察をクビになったことまでは教えなかった。人生で最大の汚点だ。

「でも槙野さん、どうしてあなたが射殺事件を調べ直すんですか？　警察が動いてるんでしょう？」

「その質問には答えられねぇんだ。悪く思わねぇでくれ」

察してくれたようで、高坂は「分かりました。二度とその質問はしません」と言ってくれた。

「それで、僕は何をすれば？」

「警察を辞めちまったから、射殺事件の捜査がどこまで進んでいたか分からねぇんだ。これから昔の仲間に連絡して詳細を訊き出すから、先生の役割を決めるのはそれからになる。夜まで待ってくれ」

「じゃあ、決まったら電話を下さい。コーヒー、もう一杯いかがです？」

「いや、もう十分だ」これ以上飲んだら胸焼けしそうだ。「それじゃな」

車に戻って携帯を出した。かける相手は決まっている。後輩の堂島だ。

七回目のコールが、《あ〜、先輩》という酷い鼻声に変わった。まだ蓄膿《ちくのう》の治療をしていないらしい。

「元気か？」

《なんとか》

「座敷豚《おくさん》は？」

《相変わらずっすよ。ところで、どうしたんすか？》

「狛江の射殺事件の犯人が割れたんだってな。他人の戸籍を乗っ取った男だって？」

沈黙があった。堂島が目を剝《む》いている顔が目に浮かぶ。

《どうしてそれを……》
「ネタを捜一に提供したのは俺だ」
《えーっ！　嘘でしょ》
「ホントだよ。クライアントからの依頼で調査してたら、偶然、戸籍乗っ取りの事実を摑んだ」
《驚いたなぁ──》
「それより、海坊主がお前らの代わりに捜査するんだってな」
《そうなんすよ。こっちは別件抱えちゃってるもんで──。間が悪いって言うんですかね、本来ならうちが再捜査するはずなのに》
いかにも悔しそうな口ぶりだった。
「堂島、お前に頼みがある。射殺事件の捜査資料を見せてくれ」
打てば響くといったタイミングで、《冗談でしょ》の声が返ってくる。
「本気で言ってんだよ。クライアントの依頼で、戸籍を乗っ取られた男の生死を確かめなきゃならねぇんだ。そのために、あの事件を調べ直す必要がある。戸籍を乗っ取られた男は、きっとあの事件にも絡んでるはずだ」
無論、全てデタラメである。捜査資料を出させるための方便だった。
《無理っすよ、そんなの》

「断っていいのか？　結婚後も風俗店通いしてたこと座敷豚《おくさん》にバラすぞ」

その風俗店の経営者は歌舞伎町を縄張りにしている組の組員で、高校生を働かせていた。ある事件のことで訊き込みをしていた槙野は、たまたまその風俗店に立ち寄って高校生が働いていることを知り、その組員に『高校生のことは黙っていてやるから情報を寄こせ』と詰め寄って情報をせしめたことがあった。それがきっかけでその組員との付き合いが始まり、後日、堂島のことを聞かされたのだった。『ルナという源氏名の女がお気入りだ』と。別に法に触れているわけでもないから知らぬふりをしていたのだが――。

「ルナちゃんだっけ？　お前のお気に入りだった女」

《またそれを持ち出すんだもんな～。勘弁して下さいよぉ》

「捜査資料といったって、迷宮《おみや》入りした事件の資料だ。機密扱いでも何でもねぇだろが」

《それはそうですけど――。先輩に見せたことが班長にバレたら雷落とされそうだし……》

まあそうだろ。班長にとって、こっちは裏切り者以外の何者でもないのだから――。

「あっそ。それならじきに、座敷豚《おくさん》から電話があるだろう。実家に帰りますって」

《待って下さいよ！》

「つべこべ言わずに捜査資料見せろ！　見せてくれたら、俺が掴んだ情報を流してやる」

《え？》

「お前だって、あの事件の真相を海坊主から聞かされるのは嫌だろ？」
《そりゃあまあ、元はうちが扱った事件ですし——》
「だったら見せろ」
《捜査資料、俺から出たことを言わないで下さいよ》
落ちた。白旗上げるなら最初から素直に出せ。
「心配すんな、口が裂けても言わねぇよ」
《メールのアドレス教えて下さい》

自宅に戻ると、書斎のパソコンに堂島からのメールが届いていた。クリップマークもある。

堂島からのメッセージで、組対が組関係の捜査をしたことと、捜一が桑田の知人関係の捜査をしたことが分かった。

早速、添付されているデータをダウンロードし、まずは組対の調書に目をとおすことにした。

極星会のシノギは風俗店の経営、ノミ屋、土木作業員の手配師まで手広く。十年前にシャブの売買で摘発されたことが一度あるが、入手ルートは不明。まあ、当然だ。口が裂けたって言うわけがない。だが、他の組ともめていたことはなく、過去にも抗争事件を起こしたことはナシ。

続いて、捜一の調書に目をとおす。

桑田の知人十数人から事情聴取したとあるが、アリバイの怪しい人物はいなかったと書いてある。だが、あの男は間違いなく恨みを買っていた。それなりの付き合いがあるから恨みを買ったわけで、事件発生当初から顔見知りの犯行だと目星をつけていた。

桑田は島根県大田市仁摩町の出身、生年月日は一九七九年十月一日、生きていれば三十八歳。窃盗と傷害でパクられ、十七歳で少年院に送致されている。桑田の家族は両親と弟、桑田がパクられた直後に広島県に引っ越している。近所の目を気にしたのかもしれないが、大田市の出身だったとは――。二年前に関わったあの幽霊画事件も、大田市の石見銀山が事の発端だった。桑田は少年院を出たあと上京し、類は友を呼ぶでハングレ連中とつるむようになり、お決まりのコースで極星会の構成員になっている。その後、幹部にまでのし上がったというから、それなりに度胸も据《す》わっていたのだろう。

東條の話を思い起こした。三浦班は組関係を調べ、マムシと東條の班が五十嵐とマルAの接点を調べるそうだから、桑田関連の捜査は後回しということになる。

好都合だ。警察がそう動くのなら桑田関連の調査はこっちがやる。とはいえ、桑田を調べるにしても両親が正直に話してくれるだろうか？　放蕩息子《ほうとうむすこ》の話をするということは、そんな息子に育てた自分達の恥を、初めて会った警察でもない赤の他人に晒《さら》すということだ。隠し事をする可能性は大いにある。それなら赤の他人の方が正直に話してくれるのではないだろうか。少年院送致になったのは島根県にいた時だから、まずはその辺りから始めよう。大田市なら以前泊まったホテルがある。レストランの朝定食が美味かったから、今回もあそこを利用することにした。

早速、高坂を呼び出した。

「先生。島根県に行くことになった。同行してくれ」

3

十一月二十八日　火曜日——

出雲空港に到着したのは午前十一時半だった。ここからはレンタカーを使う。前回、大田市の石見銀山を訪れた時、ＪＲ山陰線の本数が少ないことに閉口した。時間によっては二時間待ちもあり、思い立った時に即行動というわけにいかないからだ。

空港道路から国道九号線に入り、西に向かってひたすら車を走らせた。四十分も走ると右手に日本海が見えてきたが、前回とは様子が一変していた。鉛色となって荒れ狂い、冬の日本海の凄まじさがひしひしと伝わってくる。

やがて三十分余り経過して大田市に辿り着いた。まずは大田警察署に足を運ぶ。カーナビの指示に従って九号線を直進するうち、「あと五〇〇メートルで目的地です」というアナウンスがあった。すぐに四階建ての建物が見え始め、大田警察署入口の看板もあった。

駐車場に車を止めて、助手席にいる高坂を見た。

「先生。手はずどおり頼む」

「任せて下さい」

警察で情報を得る時はいつも高坂を使う。探偵が尋ねても、『どうしてそんなことを調べている?』と訝《いぶか》しがられるだけだが、弁護士が『裁判関係でいろいろ尋ねたいことがある』と言えば無条件で情報提供してくれるのだ。

二人は警察署内に踏み行った。

高坂が受付カウンターで若い女性職員に名刺を出し、桑田が起こした事件の担当者と話がしたいと申し出た。

「どういった理由で?」

「クライアントに対する守秘義務があって、理由についてはお話できないんです」

「ああそうですか」とぶっきら棒な返事があった。「ちょっと待っとって下さい。刑事課の者を呼んできますけん」

間もなくして年配の男が現れ、高坂が改めて身分と名前を告げた。

「弁護士さんが、何であいつのことを調べとるの?」

また同じ質問だ。連絡が悪いというか、いい加減というか——。それより、桑田が少年院に送致されてから二十年以上になる。それなのにこの刑事は、あいつと言った。それだけ印象に残っているということだから、桑田はかなりの悪党だったのだろう。

　またまた高坂が守秘義務を持ち出した。

「まあそんなわけで、桑田に関することをいろいろ調べておりまして」

「ふ〜ん。そういうたら、何年か前にも警視庁の刑事さんがきて、いろいろと訊いて帰ったのぅ。あの男、ヤクザになったって聞いたけど、殺されたそうだね」

「そうなんです、銃撃されて蜂の巣に。桑田ですが、何をやらかして少年院に？」

「自分で車ぶつけといて、ぶつけられた相手が怒ったら逆ギレしたんよ。それで暴行して全治三ヶ月の重症を負わせた挙句、被害者の財布まで強奪してね。おまけに無免許ときとった。他にも万引きの常習犯だった。後にも先にも、あがぁな悪童は見たことがない。とんでもない奴だったのぅ」

　無茶苦茶だ。だからこそ、ヤクザへまっしぐらに堕ちて行ったのだろうが。

「被害者の方のお名前は？　その方からもお話を伺いたいもので」

「教えてもえぇかのぅ。新聞にも名前出とったし——。ちょっと待っとって、メモしてくるけん」

　幸いにも、手こずらずに情報入手に成功した。

　高坂がメモを受け取り、二人は刑事に礼を言って車に戻った。

「先生。メモを見せてくれ」

被害者の名前の他に、住所も書かれていた。大田市内の長久《ながひさ》という地区だ。目的の家の住所をナビに打ち込んだが何のことはない。ここから一キロ以内だから五分もあれば行けるか。

難なく目的の家に到着したが生憎の留守、出直しを余儀なくされ、ここにくる途中で見つけたファミレスで遅い昼飯を食べることにした。ドリンクフリーにすれば時間も潰せるだろう。


コーヒーのお代わりを続けるうちに午後五時を回り、二人は腰を上げてさっきの家に向かった。

幸い、今度は本人がいてくれた。痩せて目の出た中年男だ。そして高坂が身分を告げて桑田の名前を出すと、相手は途端に顔を歪《ゆが》めた。全治三ヶ月の重症を負わされたのだから一生忘れられない名前だろう。

「なんで今頃、桑田のことを?」

「まあ、いろいろありまして――」と高坂が答える。

「あいつ死んだんだろ?」

「よくご存知ですね」

「だって、刑事がきたもん。桑田が殺されたことを俺に教えて、日付は忘れてしもぅたけど、何月何日、何をしていましたか？　って」

この男のアリバイを調べにきたか。調書にこの男のことは書かれていなかったから捜査線上から外したのだろう。つまり、アリバイ有り。

「桑田ってとんでもない男だったそうですね」と槙野が訊いた。

「とんでもないより上。異常だよあのバカタレ！　殺されてざまみろだ、全く！」

怒るのも無理はない。

「あなたの他に、桑田を恨んでる人物に心当たりはありませんか？」

続けて槙野が質問する。

「星の数ほどおると思うよ。特に仁摩の連中はね。みんな、昔っから桑田のことを厄介者扱いしとったけん」

「仁摩町ってどの辺りになります？」

「ここからだと､車で十五分ほどかな｡九号線を西に真っ直ぐ行けばいいよ｡漁師町だから」

もうすぐ日が暮れるが、桑田が住んでいた家の近所の住民も帰宅する時間だろう。行ってみることにした。高坂の耳元で「行こうか」と告げた。

九号線を走るうちに夜の帳《とばり》が下り始め､仁摩町に着くと周りはすっかり暗くなっていた。風が強く、荒々しい波の音が聞こえてくる。

メモに認《したた》めた住所を確認しながら桑田が住んでいた家を探し、辿り着いたのは車が数台止まっている駐車場だった。持ち家だったか借家だったか定かでないが、家は解体されたようだ。

幸い、両隣の家は明かりが灯っており、左隣の家から当たることにした。

呼び鈴を押すと、小学生と思しき男の子が出てきた。

「お父さんかお母さんはいらっしゃいますか？」

相手は子供だが、高坂が丁寧に問う。

「まだ帰っていません」

すると奥から、「誰だ？」という声があった。

「お爺ちゃんならいますけど」と男の子が言う。

「お爺さんでもいいよ」と槙野は言った。

頷いた男の子が奥に引っ込み、代わりに腰の曲がった老人が出てきた。

「どちらさんかね？」

「私、こういう者です」

高坂が名刺を出すと、「こがぁな小さい字は読めん」と言われてしまった。

耳は遠くないようだが老眼はかなり進んでいるらしい。

「高坂と申します。弁護士をしておりまして」

「ほう、弁護士さん」

「はい。隣に住んでいた桑田智之さんのことでお尋ねしたいことが」

老人が、いきなり舌打ちを飛ばした。

「あの腐れ外道《げどう》のことか」

久しぶりに外道という罵倒語《ばとうご》を聞いた。しかも腐れ付きときている。この老人も桑田に煮え湯を飲まされたか？

「あいつは殺されたぞ」

警視庁の連中はここにも事情聴取にきたようだ。

「存じております。失礼ですが、桑田に酷い目に遭わされたんですか？」

「ああ、何度もな。あいつはこがぁなガキの頃から手癖が悪ぅてのぅ」老人が、当時の桑田の身長を手の高さで教えた。「この家に忍び込んで箪笥《たんす》から金盗んだり、この家も焼かれかけた」

「放火？」

「うちの息子を殴ったけん叱ったんよ。そうしたら仕返しを――。まあ、ボヤで済んだけんよかったがな。それで大きゅうなるほど悪さも酷ぅなって、とうとう少年院にまで入れられてのぅ。だけん、うちも近所もホッとした。そんでの、家族も引っ越したんだが、今はどこにおるんか」

「広島だそうですよ」

「ふ～ん」

「仁摩町には、桑田を恨んでいる方が沢山いたと聞きましたが」

今度は槙野が尋ねた。

「ああ、ようけおった」

桑田を殺す動機を持つ者もそれだけいるということだ。その中にマルAがいるかもしれない。

「あのぅ、この男をご存知ないですか？」

槙野は、ショルダーバッグからマルAの写真を出した。

老人が写真を受け取り、目から離してじっと見る。そして「男前じゃのぅ。けど知らん」とすんなり言って写真を槙野に返した。

こうなったら絨毯爆撃《じゅうたんばくげき》だ。この写真を、片っ端からこの町の住人に見せて回る。一人なら気が遠くなるような作業だが、二人いるから手分けすれば少しは捗《はかど》るだろう。

車に戻ると、「桑田って男はどうしようもないクズだったようですね」と高坂が言った。

「だからヤクザになったのさ」

＊＊＊

十二月一日　金曜日　午前——

槙野は仁摩漁港の一角に車を止めた。港に隣接して建つ漁業協同組合はコンクリート造りの建屋で、事務所は二階だという。闇雲に声をかけても埒が開かないから、昨日と一昨日は役場・コンビニ・診療所等々、人が集まる場所で訊き込みをした。だが、得られたのは桑田の悪評だけで、誰もマルAを知っている者はいなかった。すると最後に話を聞いた老人が、『農協や漁協にも人が集まるから行ってみては？』と貴重な意見をくれ、今日は農協に足を運んでみた。しかし、そこでも空振りで、こうして漁協に出向いてきたのだった。高坂の方も収穫なし。さっき電話があった。

階段を上ってガラスドアを開けると、カウンターの向こうには浅黒い肌の中年男性と、若い小太りの女性がいた。職員だろう。こっち側の長椅子には、長靴を履いてヤッケを着たむさ苦しい男達が数人いる。間違いなく漁師連中だ。

男性職員が、デスクを離れてカウンターまでやってくる。

「何か？」

「私、こういう者です」

名刺を渡すと案の定、男性職員が名刺と槙野を交互に見た。

「探偵さん？」

「はい。この人物を探しているんですが」

マルＡの写真を見せた。

「見たことないですねぇ」男性が女性職員に目を向けた。「おい。この人知っとるか？」

女性職員もこっちにきて写真を見る。

「見たことないけど」

男性職員が漁師達に目を向けた。

「みんな、この人知っとるか？」

漁師達が集まり、写真を回し見する。そして全員が「知らん」と言った。

ここも空振りか――。とりあえず、桑田のことも尋ねることにした。

「皆さん、桑田智之をご存知ですか？」

漁師達の表情が一変し、きつい視線が一斉に飛んできた。

漁師の一人が「お前、あのバカタレの知り合いか」と言う。

いきなり『お前』呼ばわりされてカチンときたが、ここはぐっと我慢だ。

「知り合いじゃありませんよ。桑田のことを調べているだけです」

途端に、漁師達の表情から棘《とげ》が消えた。

「桑田のことで、気になったことかありませんか？」

「気になるも何も、あいつが息をするたんびにみんなヒヤヒヤしとったよ」

老漁師が言うと、他の全員が「そがそが」と相槌を打つ。

「桑田が死んだこと、ご存知ですか？」

「ああ」体格の良い漁師が言う。「あいつが死んだと聞いて、赤飯炊いた家も多いんと違うか？」

「めでたかったのう」と老漁師が言う。

「そういうたら、あのバカタレ、何年か前に仁摩をうろついとったのぅ」

漁師の一人が言った。

「おお、わしも見た。この下でな」と一番若そうな漁師も言う。

桑田がこの町に？　家族は引越したのに何しにきた？　友達でもいたのか？

「桑田に友達は？」

「おるわけなかろう」

槙野は、一番若そうな漁師を見据えた。

「桑田をこの下で見たと仰いましたよね」

「ああ。弁天丸の船長と話をしとった」

「船長さんのお名前は？」

「杉浦《すぎうら》、桑田の同級生だ。杉浦がちょうど魚を水揚げしとったけん、小魚でもせびったんと違うかのぅ」

桑田に友人はいなかったというが、一応、杉浦という人物から話を訊くことにした。

「杉浦さんのお宅はどの辺りでしょう？　できれば、杉浦さんのフルネームも教えていただけませんか」

「下の名前は、誠に漢数字の一と書いて誠一《せいいち》です。でも、行っても無駄ですよ」と男性職員が言った。「杉浦さんは亡くなりましたけん」

死んだ？

「ご家族は？」

「妹さんが一人いますけど」

両親は死んだということか。それならその妹から話を訊く。桑田に関することを兄から聞かされているかもしれない。

「妹さんのお宅は？」

「杉浦さんの家ですけど」

「住所を教えて下さい」

「探せるかなぁ。あの辺りは入り組んどるけん」そう言った職員が、老漁師に目を振り向けた。「おっちゃん、帰るんならこの人を案内したってや。杉浦さんの家の近所やろ」

「ああ。ええぞ」

金魚の糞よろしく老漁師について行くと、入り組んだ路地に入った。家がひしめき合っていてまるで迷路だ。それからしばらくして老漁師が立ち止まり、「ここだ」と告げた。焼き板外壁の古い二階屋である。

「さっきは言わんかったが、杉浦には別れた嫁さんと子供がおる。嫁さんは仁摩の図書館で働いとるけん、ここで何も分からんかったら行ってみんさい」

「お名前は？」

「松下だったと思うがのぅ」

「ご親切にどうもありがとうございます」

老漁師が去り、槙野はインターホンを押した。

だが、返事がない。もう一度トライしてみたが同じだった。留守のようだから出直しだ。

そう思った矢先、ミニバイクに乗った女性が敷地内に入ってきた。黒いフリースのアウターを着ており、マスクの下からは咳が聞こえる。

「あのぅ、何か？」

この女性が杉浦の妹か？

「杉浦誠一さんの妹さんですか？」

「そうですけど」

女性がバイクを降りる。

「申し遅れました。私、槙野と申します。探偵をしておりまして――」

「ああ。例の探偵さん」

こっちのことを知っているらしい。こんな狭い町だから、探偵がいろいろ調べているという噂が広まったのだろう。

「少しお話を伺わせていただけないでしょうか?」

「どういったことでしょうか?」

「桑田智之という男をご存知ですか?」

「この町で、桑田を知らん大人はおらんですよ。桑田がどがぁかしたんですか?」

彼女がまた咳をする。

「その桑田のことを調べてるんですけど、何年か前に、あなたのお兄さんと話をしていたそうなんです。お兄さんは魚の水揚げをしていたって聞いたんですけどね」

「ああ、あの話――。『刺身食べたいけん魚くれ』と言われたそうです。兄と桑田は同級生やし、『断ったらねだれるかもしれんけん、一キロぐらいの鯛をやった』って」

「ねだれる?」

「こっちの方言で、いいいい、くだを巻くとかそういった意味です」

「お兄さんは桑田と付き合いが？」

「あるわけないでしょ」

「では、この人物を見たことは？」

マルＡの写真を見せた。

彼女が穴の空くほど写真を見る。

「俳優さんみたいな人やねぇ。でも、見たことないなぁ」

そう言って、彼女が写真を返した。

収穫なしか。

「どうもありがとうございました」

礼を言って路地に出た。杉浦の別れた妻にも会ってみるか。

車に戻ってカーナビを作動させると、すぐに図書館の所在地が分かった。

国道九号線を跨《また》いで少し行くと、洒落れた造りの図書館があった。受付には女性二名がいるが、同じような歳格好だ。どちらが杉浦の元妻だろう？

近い方の、バタ臭い顔の女性に「松下さんは？」と声をかけてみた。

「私ですけど」

「ああ、どうもはじめまして」

自己紹介して、早速、桑田のことを尋ねてみた。当然、彼女も桑田のことは知っており、あからさまに顔を歪《ゆが》めた。

「それで、桑田がどうかしたんですか?」

「杉浦さんと同級生だったそうですね」

「ええ」

「杉浦さん、桑田のことで何か話していませんでしたか?」

「知りませんよ。何で今頃、別れた亭主のことを思い出さないかんのです? しかも桑田のことで」

彼女が口を尖らせた。

この口ぶりからすると、杉浦とはかなり険悪な状況で別れたようだ。これでは訊き出せそうにない。早々に退散だ。

4

東條有紀の担当は豊島区内のパチンコ屋で、これまでに八十五軒を当たったものの、未だに『マルAに似た人物がいた』という話さえ出てこない。

午前中で池袋東口界隈にあるパチンコ店は全て当たり、次は山手線の大塚駅界隈で訊き込みをすることにした。

ＪＲ池袋駅に足を向けた矢先に電話があった。長谷川からだ。
《内山が見つけたぞ》
「本当ですか！」
あいつもたまには役に立つ。
《それと、五十嵐靖男の両親の墓の所在も分かった。西東京市にある蓮華寺《れんげじ》という日蓮宗の寺で、蛭田の部下が向かっている》
荒川赤羽桜堤緑地で殺されたのが五十嵐靖男なら、誰も墓の手入れをしていないだろうから荒れているかもしれない。縁者のいなくなった墓の末路は悲しいものだ。時折、母の実家の墓に参ることがあるが、近くの墓が正にそうで、草は生え放題だし墓石は土塗れ、卒塔婆《そとば》に至っては腐って見る影もなかった。そんなわけだから、見かねた伯母と母が、その無残な墓の掃除をしてやったことがある。
《午後五時から捜査会議が開かれるからそのつもりで》

捜査会議が始まり、「長谷川。報告しろ」と管理官が言った。

「内山にさせます」

長谷川の目配せで内山が立ち上がり、手帳を開いた。

「証言してくれたのは、ＪＲ西日暮里駅東口近くの『ジャンボ』という店の店長です。マルAの写真を見せたら、瞬く間に反応して『木村君です』と――。木村は七年前に採用されて、三年前まで働いていたそうです。ホール主任をやっていたとかで」

「三年前に辞めたのなら、東日本引っ越しセンターに就職した時期と一致するな。フルネームは？」

「木村一男、一男は漢数字の一に男と書きます」

「ありふれた名前だな。偽名か？　生年月日は？」

「名前しか覚えていないそうです」

「仕方がない」管理官が係長を見る。「全国の木村一男という人物をピックアップして、マルAの顔写真と照合しろ」

「はい」

管理官が内山に視線を戻す。

「木村のヤサは？」

「当時、『ジャンボ』の寮に住んでいたそうです。新聞で従業員を募集したところ、木村が面接にきて寮に入りたいと言ったとかで――。パチンコ屋にはワケアリな人間がよくくるから、寮に入りたい理由は尋ねなかったそうですが」

「ホール主任をしていたって？」

「ええ。木村が働き始めてから一年ほどした頃、当時のホール主任が癌を患って退職することになり、勤務態度が真面目な木村をホール主任に抜擢したと。ホール主任になってから辞めるまで、ホントによく働いたそうです」

「辞めた理由は」

「一身上の都合としか聞いていないそうです」

「五十嵐靖男のことは尋ねたか？」

「はい。木村の周辺で行方不明になった人物がいないかと質問したら、即座にいると——。それで五十嵐さんの写真を見せたところ『この男です』と店長が——。六年ほど前に採用して半年近く働いたそうですが、突然トンヅラを」

「消えた？」

「はい。『前借りさせて欲しいと言うから十万ほど貸してやったら、次の日から仕事にこなくなった』と。それで、同じく寮にいた木村に話を訊いたところ、五十嵐さんが辞めたいと漏らしていたと教えられたそうです。パチンコ屋の従業員がトンヅラすることは日常茶飯事だから、大して気にもしなかったと店長は話していました」

五十嵐は大東洋印刷をリストラされて路頭に迷い、パチンコ屋に救いを求めたに違いない。

「木村と五十嵐さんの接点は『ジャンボ』というパチンコ屋だな。恐らくは、五十嵐さんを殺した木村が仕組んだ狂言だろう。店長が言ったように、パチンコ業界では従業員が突然辞めることは珍しくない。当然、行方を探すことはないだろうし、警察に捜索願を出すこともない。それを利用した木村が五十嵐さんを殺し、『五十嵐はトンヅラした』ということにした。そしてまんまと五十嵐さんの戸籍を自分のものにした。二人は同じ寮に住んでいたし、木村が上司の立場だった。それなら五十嵐さんを誘って飲みに行き、帰りに襲うことはそれほど難しいことじゃないだろう。五十嵐さんにしても、大東洋印刷をリストラされて路頭に迷い、挙句にパチンコ屋の世話になっているとは言い難かったから、涼風園の園長との交流を絶ったのかもしれん。だが、どうして木村は五十嵐さんの戸籍を盗む気になった？」管理官が三浦に目を向けた。「そっちはどうだ？」

「まだ手がかりはありません」

「引き続き組関係を調べろ。蛭田、五十嵐奈美恵はどうだ？」

「相変わらずです。知らないの一点張りで」

＊＊＊

十二月二日　土曜日　夕刻——

パチンコ『ジャンボ』の界隈《かいわい》で聞き込みをしていると長谷川から電話があった。また緊急捜査会議が開かれるという。蛭田班か三浦班が何か摑んだか？　訊き込みを中断して桜田門に急いだ。

捜査本部に戻ると、管理官と係長が苦虫を嚙み潰したような仏頂面《ぶっちょうづら》をぶら下げていた。

「班長。あの二人、どうしちゃったんでしょう」

「さあな。いい報告ならあんな顔はしないと思うが」

そして捜査会議が始まり、管理官が「予期せぬ展開になった」と言った。「五十嵐奈美恵の車から採取された毛髪のＤＮＡ鑑定をしたところ、型は数種類あることが確認された。一つ目は奈美恵の毛髪、もう一つはマルＡの毛髪、そして他の毛髪の中の一本が、去る十一月二十三日に島根県松江市で起きた、男性刺殺事件の現場で採取された毛髪のＤＮＡと一致した」

「じゃあ、その男を殺した犯人の毛髪が」

三浦が言うと、管理官は首を横に振った。

「そうじゃない。被害者の毛髪のＤＮＡと一致した。他県で採取された毛髪だったから照合に時間がかかってしまったそうだ」

会議室がどよめく。驚きをとおり越して唖然だ。何がどうなっているのか？

「その男性だが、前科はないらしい」

五十嵐奈美恵がその男を車に乗せたのか、あるいはマルＡがその男を車に乗せたのか――。少なくとも、奈美恵への疑惑がまた膨らんだことは確かだ。

管理官が舌を打ち鳴らした。

「進展はあったが、事態は余計にややこしくなっちまった。一体、一連の事件の根底には何が潜んでいるんだ？　長谷川、島根県警本部に誰かやって詳しい話を訊いてこい」

「はい」

「管理官」と蛭田が言った。「こっちも松江に行かせて下さい」

「分かった。協力して情報を共有しろ」

蛭田が顎を引くようにして頷く。

「東條。元木を連れて行ってこい」と長谷川が言った。

「承知しました」

捜査会議が終わり、有紀は飛行機の時間と予約状況を調べてから蛭田に声をかけた。

「どうした、鉄仮面」

捜一の連中は、誰もが有紀のことを鉄仮面と呼ぶ。『一切笑わないから』『どんなに惨たらしい遺体を見ても眉一つ動かさないから』という理由らしいが、大きなお世話だ。

「明日の飛行機ですけど、こっちで予約を取りましょうか。出雲便も米子便も始発は満席ですけど、出雲便の午前十時の便に空きがあって、到着は十一時半です」

「それはこっちでやる。お前は自分の予約だけしろ」

そう言い残して蛭田がその場を去った。

何か企んでいるようだが――。

まあいい、どうせ目的地は同じなのだ。他班の人間に気を遣わずに済むからこっちも気が楽である。そんなことより、松江で起きた刺殺事件のことだ。管理官ではないが、一連の事件は混迷を深めるばかりで全体像が全く見えてこない。島根県で何か摑めることを願うばかりだ。

官舎に帰る道すがら、マルAについて考察してみた。第一の謎は、どうして他人の戸籍を必要としたのかだ。五十嵐が戸籍乗っ取りに好都合な身の上だったことは明らかだが、他人の戸籍を欲したのだからよほど切羽詰まった理由があったに違いない。第二の謎はマルAの故郷が何処か。そして三つ目が、どうしてマルAは殺されなければならなかったのか。これが最大の謎だが、五十嵐の戸籍を乗っ取ったことが関係しているのか？　あるいは別の理由があるのか？

マルAを特定する方法はないものか――。

官舎に帰ると携帯が鳴った。友美からメールだ。急いで受信ボックスを開ける。『少しは反省した？』たったそれだけのメッセージだが、許してくれたことは間違いない。『はい、大いに反省しています。でも、新たな事件発生、時間ができたら電話する』と打ち込んで返信した。つくづく、メールとは便利なものだと思う。口では言い難いことも素直に伝えることができる。

第四章

1

十二月三日　日曜日――

出雲空港には定刻の午前十一時半に到着した。しかし、飛行機に蛭田班の者は乗っていなかった。次の便でくる気か？

雪の中で客待ちをしているタクシーに乗り、「島根県警本部まで」と運転手に告げた。昨日の内にアポを取って、事件を担当した捜査一課の板垣という人物から話を訊くことになっている。

三十分余りで島根県警本部に到着し、一階の受付で身分と姓名を伝えた有紀は、近くのベンチに腰かけて板垣がくるのを待った。それからほんの一、二分で年配の男が現れ、板垣と名乗った。

互いに自己紹介を終えたが、板垣から意外な事実を告げられた。

「先発隊の方々は、二時間ほど前に現場に向かわれましたよ」

「先発隊？」

「ええ。蛭田さんともう一人」

親玉自ら御出馬とは――。だが、どういうことだ？　第二便に蛭田達は乗っていなかったが――。

元木が、「ひょっとして、蛭田さん達は夜行列車できたんじゃありませんか？」と小声で告げる。

そういえば、東京と出雲を結ぶ人気の寝台列車があると聞いた。縁結びで有名な出雲大社詣をする独身女性が後を絶たないのだとか。その列車を利用したから、こっちよりも早く到着したのだろう。よほど合同捜査が嫌いなのか、あるいはこっちを出し抜きたいのか。それとも、一度迷宮入りさせているから必死になっているのか。

しかし、事件を解決したいのはお互い様。向こうがこっちを出し抜く気なら、こっちも同じことをするまでだ。管理官は情報を共有しろと言っていたが、そんな命令など知ったことか。こっちも単独で行動して、摑んだ情報も絶対に教えない。

気を取り直した有紀は、「お手数でしょうが、もう一度事件の詳細をお聞かせ願えませんか」と申し出た。

連れて行かれたのは六畳ほどの小部屋で、板垣の説明に耳を傾けた。

「現場は松江城の近くにある松江グランドホテルの五〇七号室、客室数三百五十を誇る県内で最もグレードの高いホテルです。うちの娘も松江グランドホテルで結婚式を挙げましてね――。すみません、余計なことまで言うてしもぅて。え〜、犯行時刻は十一月二十三日の午後九時四十八分過ぎ。死亡推定時刻も同じです」

「随分と細かい時間まで分かってるんですね」

「ええ、防犯カメラの映像が決め手になりました。それにしても、被害者の森本が、戸籍を乗っ取った男と顔見知りの可能性があるとはねぇ。警視庁さんから連絡があった時は驚きましたよ。森本は三十四歳。住所は島根県大田市仁摩町」

確か、射殺された桑田の出身地も大田市だった。偶然とは思えなくなってきた。

「森本は遠洋マグロ漁船の船員でした」

「ということは、遠洋から帰って休暇中だったんですね」

「はい。死因は失血死で腹部はメッタ刺し。上半身に電流痕も何ヶ所かありましたよ。恐らくスタンガンでしょう。防御創は一切なし」

森本が油断していたということだ。

「第一発見者は森本の婚約者で、名前は大畑幸子さん。歳は三十二歳。二人はシンガーソングライターのコンサートを観賞するために森本のワンボックスカーで松江にきたそうですが、コンサートが終わってホテルに戻ったところ、大畑さんが所用で出かけ、戻ってきたら森本が襲われとったということです」

「所用?」

「ええ。生理用品を買いにコンビニに行ったと証言しました。突然、始まったそうでね——。

通報者はホテルのフロント支配人で、大畑さんから『婚約者が血塗れで倒れている』と電話があったといいます。それで駆けつけたところ、森本がバスルームの前で倒れとったと――」

支配人の証言を教えられた。

「これが写真です」

板垣が、森本と現場の写真を見せてくれた。

森本は腰にバスタオルを巻いた格好で仰向けに倒れていて、板垣が言ったとおり腹部はメッタ刺しだ。

元木にも写真を見せた。

「森本は風呂上がりだったようですね」

「はい。支配人の話では、森本の髪はまだ濡れとったそうです」

「凶器は？」

「出刃包丁です。これも防犯カメラに映っとって、五〇七号室から出てきた男が持っとりました。あとでご覧にいれます」

別の写真を見た。森本の顔のアップだ。短めの髪でエラの張った顔、目は閉じているから一重か二重か判別できないが、鼻はやや大きくて唇は薄い。体格は良い方だろう。

「森本の身長は？」

「一八一センチ」

大柄だ。防犯カメラの映像が決め手となって犯人は男と断定されたようだが、捜査のセオリーとして、第一発見者を調べているはずだ。参考までに訊いておきたい。

「第一発見者のことは調べられました?」

「ええ。大畑さんの所持品検査と身体検査をしましたが、凶器と思しき物は所持しとりませんでした。大畑さんですが、コンビニから部屋に戻り、以後は警察が駆けつけるまで部屋を一歩も出とりません。その後、婦警が同行して森本が搬送された病院に行ったんですが、そこでもずぅっと婦警が一緒におって、只の一度も一人にはなっとりませんでした。加えて、ホテルの部屋の窓は嵌め殺しで開かず、部屋にも凶器はナシ。その後、防犯カメラに出刃包丁を持った男が映っとることが分かり、我々は彼女をシロと断定」

「大畑さんの職業は?」

「大田市内の大手スーパーで働いとるそうです。そんなら防犯カメラの映像を」

板垣がリモコンを握り、部屋の隅にあるテレビのスイッチを入れた、続いてディスクをデッキに挿入する。

最初に映し出されたのは、ダウンジャケットを着た女性が部屋から出てくる姿だった。時刻は午後九時四十五分二十九秒。

画像が止まり、「この女性が第一発見者の大畑幸子さんです」と板垣の注釈がつく。

「防犯カメラはどんなふうに配置されていました？」

「ワンフロアーに三台、それぞれ等間隔で設置されとります。この映像を記録したカメラは一番東に設置されとって、五〇七号室との距離は五メートルほどでしょうか」

「続けて下さい」

再び映像が動き出し、九時四十八分三十二秒になったところで、体格の良さそうな黒ずくめの人物が映った。マスクとサングラスをしており、服装は黒いニット帽に黒いコート、黒いズボン、黒い靴、黒い手袋。

「この男が容疑者です。他の防犯カメラを調べたところ、西の防犯カメラがエレベーターから降りてくるこの男を捉えていました」

「同じフロアーの部屋から出てきたんじゃないってことですか」

「そうです。ドアの大きさやノブの位置から推測して、身長は一七五センチ前後でしょう」

「中肉中背といったところですね」

板垣が頷いて画像を送る。

容疑者は現場となった部屋の前で立ち止まり、ドアをノックした。すぐにドアが開き、容疑者の姿が部屋の中に消える。

「すぐに部屋の中に入ったということは、森本と顔見知りのようですね」

板垣が大きく頷いた。

「我々もそう結論しました。森本は風呂上がりでバスタオル一枚しか身に着けとらんかったのに、この男を部屋に中に入れましたからね。かなり親しい間柄でないとそんなことはせんでしょう」

カメラはずっと同じアングルの画像を撮り続けているから静止画のように思えるが、ちゃんとタイムカウンターは動き続けている。それからほんの一分弱、九時四十九分三十三秒になってドアが開き、容疑者が右手に何かを持って出てきた。

頼む前に板垣が画像を静止させ、容疑者の右手を指差す。

「これ、どう見ても出刃包丁でしょう」

「そうですね」

「遺体に残っとった傷の幅も、出刃包丁の刃幅とほぼ一致しとります」

画面が動き出し、瞬く間に男が映像から消えた。

「このあと、男はエレベーターに乗りました」

「大畑さんが戻ってきたのは？」

「十時一分十七秒でした。彼女は部屋を出てから戻るまで十五分ほどかかったと証言しましたけん、その証言どおりです」

板垣が画像を早送りにすると、大畑幸子が画面に現れた。

再び普通の映像に戻る。

彼女は部屋の前で立ち止まり、ダウンジャケットの右ポケットからカードを出した。カードキーのようだ。彼女がそれをホルダーに差し込んでドアを開ける。それから中に入った。

またまた画像が早送りになり、二分後にホテルの従業員と思しき黒服の男性が部屋に入って行った。その間、誰もカメラに写っていない。

「まあ、不幸中の幸いでした。もし大畑さんが部屋におったら、彼女も襲われとったかもしれませんけん」

映像はまた早送りとなり、救急隊員が駆けつけてきたところでテレビがブラックアウトする。

「ご質問は？」

「容疑者の足取りは？」

「エレベーターの中の姿、ロビーを歩く姿、ホテルの玄関を出て行く姿が防犯カメラに捉えられとりましたが、その後の足取りは摑めていません。ですから、車を使ぅて逃走した可能性が高いと考えとるんですけどね」

「容疑者がホテルに現れた時の映像は？」

「同じ格好で玄関を入り、ロビーを横切ってエレベーターに乗りました」

「目撃者は？」

「エレベーターで容疑者と同乗した夫婦から話が訊けました。その夫婦は旅行者で八階に泊っとって、ホテル近くの飲食店に行くためにエレベーターに乗ったそうです。男は五階で乗り込んできて、自分でドアを閉めたといいます。挙動不審な点は全くなく、『サングラスとマスクをしていたから、芸能人がお忍びでこのホテルに泊まっているのかも』と奥さんの方は思ぅたそうです」

「じゃあ、容疑者に慌てた様子はなかったということですか」

「ええ。平然としとったらしいです」

「人を殺しておきながら——ですか」と元木が言った。

「ふてぶてしいっちゅうんですかねぇ」

板垣が唇を歪めた。

「ですが——」有紀は首を捻った。「森本はかなり出血していたんですよね。だったら、容疑者もそれ相当の返り血を浴びているはずで、いくら黒い服を着ていても返り血が分からなかったというのは解せませんね」

「そこなんですよ。だけん、男はコートを脱いで犯行に及んだんと違うかなと。それで事を済ませてからコートを着て逃走。それなら返り血は分からんでしょう」

「指紋は？」

「ホテルの部屋ですけん、かなりの指紋が残っとりました。ですが、警察のデータに該当する指紋はナシで」

「森本とトラブルを抱えていた人物は？」と元木が訊く。

「森本はマグロ漁船では皆と仲良ぅやっとったみたいですが、仁摩町には一人おりました。名前は武上務《たけがみつとむ》、三十五歳。一本釣り漁師で森本とは犬猿の仲だったそうです。仁摩町では有名な話だとかで、過去に、二人は何度も殴り合いの喧嘩をしたことがあると聞きました。武上に事情聴取したところ、森本が殺された時間は自宅におったと話しましたが、一人暮らしですけん、武上のアリバイを証言する人物はナシ」

「武上の体型は？」

「がっちりしとって、身長は一七五センチ前後でしょうか」

「容疑者の体型と似てますね」

「だけど、黒ずくめの人物が武上だとしら、森本はどうして武上を部屋に入れたのかしら？二人は犬猿の仲だったんでしょ。言ってみれば敵みたいな男を、簡単に部屋に入れたりする？」

「武上が声を変えて、ホテルのサービス係だとか何とか言ったんじゃないでしょうか？そして適当な理由をつけて部屋の鍵を開けさせた」

「武上は、どうやって森本と大畑さんが宿泊している部屋を特定したの？　森本が教えるわけないわよ」

「そうですよね——。じゃあ、大畑さんが教えたのかな？」

「彼女は否定しましたよ」と板垣が言う。

有紀は板垣を見据えた。

「では、森本と大畑さんが松江グランドホテルに宿泊することを知っていた人物は？」

「大畑さんの証言で、二人おったことは分かっとります。ちょっと待っとって下さい」

板垣が部屋を出て行き、五分ほどして戻ってきた。コピー用紙を持っている。

「ここに二人の名前と職業、それに住所が」

コピー用紙を受け取った。『橋田富雄、三十二歳。大田市仁摩町内にあるアルミニウム工場勤務。山根律子、三十二歳。仁摩町診療所の看護師』

「二人とも歳が同じですね。住所も仁摩町ですし」

「森本と大畑さんも含めて全員が幼馴染みです。飲み会の時に森本と大畑さんが、松江にコンサート観賞に行くことと、松江グランドホテルに泊まることを二人に話したそうです」

「この四人が、誰かにそのことを話した可能性は？」

「森本は死んどりますけん確認できませんが、他の三人は誰にも話さんかったと——。ああ、そうそう。橋田さんと山根さんですが、防犯カメラを観た後でもう一度大畑さんに会いに病院に行ったら二人もきとってね。大畑さんから電話をもろぅて駆けつけてきたと話しとりました」

「仁摩町から松江までどれくらいかかります？」

「車なら二時間、電車の特急なら一時間っちゅうとこでしょうか」

結構な距離だ。にもかかわらず、夜中に車を飛ばして駆けつけたということか。

元木が有紀を見た。

「森本は黒ずくめの人物をすんなりと部屋に入れていますから、やはり森本が部屋番号を誰かに教えたんじゃないでしょうか」

すると板垣が、「それについては一つ不可解な点が」と言った。

「念のために森本の携帯をチェックしたんですがね」

「携帯は残されていたんですね」

「ええ」

警察が森本の携帯を調べることぐらい素人でも分かる。それなのに携帯が奪われなかったということは、容疑者は自分の身元が携帯からは発覚しないと確信していたようだ。

「森本は大畑さんが部屋を出た直後、秋本という人物に電話しとるんですよ」

「その人物、性別は？」

有紀が尋ねた。

「秋田県の秋に日本の本と書くんですが、苗字だけの登録でしたから性別は不明です。森本の携帯には、事件当日の午前中に二回、午後に三回、秋本という人物からの着信記録もありました」

「じゃあ、森本が秋本に電話してすぐ、黒ずくめの人物がやってきたことになりますよね」

元木が言う。

「そうなんです。森本が秋本を呼んだ可能性があります。だけん、黒づくめの男はすぐに森本の部屋に入れたんじゃないでしょうか」

「秋本の事情聴取は？」と有紀が問う。

「しとりません」

「どうして？」

「連絡が取れんのですよ。秋本の携帯はプリペイド式で、おまけに、携帯の契約者は実在しとりませんでした」

犯罪組織が使う常套手段《じょうとうしゅだん》だ。電話の通話記録から足がつかないようにするための知恵である。だから森本の携帯は奪われなかった。

森本は、他人の戸籍を乗っ取ったマルAと、あるいは五十嵐奈美恵と接触した可能性がある。そして秋本は犯罪組織の手口を使って自分の正体を隠した。ということは、秋本はマルAか五十嵐奈美恵とも接点があったとは考えられないか？　その延長線上でトラブルが発生し、マルAと森本は殺されたのではないのか？

「大畑さんと山根さんと橋田さんは、秋本のことを知っていましたか？」

「いいえ。聞いたこともないと」

秋本という人物が鍵だが、一応、武上にも会っておいた方がいいだろう。

「武上から話を訊いてもいいですか？」

瞬く間に、板垣が渋い顔になった。

「蛭田さんにもお願いしたんですがね」

今はそっとしておいてくれと言いたいのだ。県警なりに捜査方針があるのだろう。郷に入っては郷に従え。勝手に動いて県警を怒らせたら、今後の捜査がやり難くなる。武上のことはしばらく様子見だ。有紀は大きく頷いた。

「分かりました、それは諦めます」

「どうも」

板垣が軽く頭を下げた。

「では、防犯カメラの画像をダビングしていただけませんか。捜査会議で使いたいので」

「写真も映像もデータ化して警視庁に送りましたよ。蛭田さんのご要望で――。ああ、そうそう。蛭田さんで思い出しましたが、一つ依頼されたことがあります。森本の車をルミノール検査して欲しいと」

血痕を調べる時に使う試薬だ。どんなに時が経過しても、どんなに血痕を洗い流しても、ルミノール検査すれば一〇〇パーセント血痕の有無が分かる。

「どうしてです？」と元木が訊く。

「理由を尋ねたんですが、『とにかくやってくれ』と仰るだけで――。結果はまだ出とりません。では、現場に行きましょうか」

廊下に出るなり、「先輩。蛭田さんはどうしてルミノール検査なんか依頼したんでしょう？」と元木が言った。

「もう一つの可能性を考えたからよ」

「え？」

「あとで話すわ」


県警を出たところで若い男がこっちに駆け寄ってきた。

「班長」

どうやら板垣の部下らしい。

「おう。蛭田さん達は？」

「第一発見者から事情を訊くそうで」

板垣が有紀達に目を振り向けた。

「こちらは警視庁の東條さんと元木さんだ」

「え？　警視庁からまたこられたんですか？」

若い刑事が有紀と元木を交互に見る。

「諸事情がありまして」と答えた。本当のことを話したら呆れられること請け合いだ。それにしても、蛭田は好き勝手してくれる。

板垣に促されて目前の黒いセダンに乗った。

移動すること五分余り、そこは十五階建ての立派なホテルだった。先を歩く板垣の背中を追い、フロントでカードキーを借りてからエレベーターに乗った。

「現場はしばらく保存するようホテルに依頼してありますが、あまり長いと困ると言われましたよ」

血で汚れた壁紙や敷物の張替えがあるのだろう。内装を新しくすれば事件の痕跡は消せる。つまり、殺しがあった部屋とも知らず、誰かが泊まることになる。

五階で降りて通路を東に進み、板垣が五〇七号室の鍵を開けた。

中に入るなり血の匂いが鼻を衝いた。敷物はグレーでバスルームの前に大きな血痕がある。調書のコピーを見ながら板垣の説明を聞く。

「森本はここに倒れとったそうです」

板垣が、バスルーム前の狭いスペースを指差す。

頷いた有紀はバスルームのドアを開けた。どこにでもある標準型のユニットバスだ。洗面台の蛇口がバスタブ側にあるということは、森本は湯を溜めたようだ。カランのレバーも給湯側になっている。

外に出てベッドスペースに移動した。血の類は見当たらないから、惨劇はドアからバスルームの前までの限られたスペースで完結したことになる。容疑者は部屋に入った瞬間に森本を襲ったか。

「元木。我々も第一発見者に会いに行こ」

「はい」

「同行しましょうか？」

板垣が言ったが、丁重に断った。こっちにはこっちのやり方がある。

ロビーに下りたところで板垣の携帯が鳴った。

「……どうした？　……出たか。……うん。……分かった」携帯をコートにしまった板垣が有紀を見る。「ルミノール検査の結果が出ました。血液反応は一切ないそうですよ」

「蛭田には私から伝えておきます」

ＪＲ松江駅まで車で送ってもらった有紀達は、大田市のビジネスホテルを検索した。大田市駅近くにスカイホテルというのがあり、しばらくそこを拠点にすることにした。数日は仁摩町で訊き込みすることになるだろう。

それから二十分ほど時間を潰して快速電車に乗り込んだ。大田市駅までは一時間余り。

「先輩、ルミノール検査のことなんですけど」と元木が言った。

「ああ、あれね。蛭田さんは、黒ずくめの人物が女である可能性も考えたのよ」

「え？　じゃあ、変装を」

「うん。シークレットインソールの靴を履き、サラシを胸に巻いて乳房を潰し、セーターを重ね着して体格を男に近づけ、最後に男物のコートを纏う」

「蛭田さんが、女性が犯人である可能性を考えた理由は？」

「森本の傷よ。腹部だけで胸部にはなかったでしょ。つまり、硬い骨を避けてるってこと――。力がなくて、肋骨や胸骨を断って心臓や肺を刺し貫けないからと考えられない？」

「確かに、胸骨も肋骨も結構硬いですもんね」

元木がようやく合点したようだった。

「でも、あの黒づくめの人物が女性だとしても、それとルミノール検査がどう結びつくんですか？」

「もし女性なら、第一発見者の大畑幸子も容疑者になり得る。彼女なら森本に部屋の鍵を開けさせることができるわ。ドアをノックして『私、ちょっと開けて』と言えば、森本は疑いもせずにドアを開ける。そして彼女は森本を殺して逃走。その後、何食わぬ顔でホテルに戻る。だから蛭田さんは、森本の車のルミノール検査をするよう依頼した」

「最後の部分がよく分からないんですけど」

「あの黒ずくめの人物が大畑幸子の変装だと仮定すると、コートを脱いでいたとしても森本を殺した時に返り血を浴びたはず。そしてホテルを出てどこかで着替えた。場所はどこだと思う?」

「それは密室でしょうね」

そこまで言って、ようやくピンときたようだ。

「車ですか!」

「うん。森本と大畑幸子は森本の車で松江に行き、森本の車はワンボックスカー。ワンボックスカーなら車内が広いから着替えも楽でしょ」

「着替える時に、返り血の一部が車内に付着したと?」

「そういうこと」

「だからルミノール検査の依頼を——」

「だけど、森本の車に血痕が残っていなかったから彼女の容疑は薄まった」

「容疑が晴れたんじゃなくて?」

「彼女が行ったコンビニで裏取りしてないもん。本人に会って話を訊いたら、証言の裏を取る」

すでに蛭田が取ったかもしれないが——。

松江駅の構内で買った弁当を食べるうちに出雲市駅に到着した。蛭田が利用したと思われる寝台列車の上りはここを始発駅とすると聞いた。シャワーも完備しているそうだから、動くホテルといったところか。

それから三十分ほどで大田市駅に到着し、二人は駅舎を出て予約したホテルを探した。

ＪＲ仁万駅に降り立ったのは午後三時前だった。日本海からの北風がまともに吹きつけ、無数の雪が痛いほどに顔を叩く。

駅舎に入ると大きな求人ポスターが目に入った。『西日本アルミ仁摩工場、社員募集』と書かれている。そういえば、橋田という人物もアルミ工場勤務だった。この会社か。

再び外に出たが、人っ子一人歩いていない。

「先輩。駅前だってのに誰もいませんよ」

商店も何軒かあるものの、全てシャッターが下りている。

「天候のせいもあるんだろうけど、典型的な過疎地の駅前って佇まいね」

板垣に書いてもらった地図を頼りに、大畑幸子の住まい探しが始まった。線路沿いの道を出雲方面に戻る形で歩くうち、道は上り坂となった。だが、すぐに下り坂になって三叉路に行き当たる。白い息を吐きながら改めて地図を見た。

「この辺ですけどね」

古い家がひしめき合っている。

そのうちメモした番地の家を突き止めたが、表札はかかっていなかった。

「この家みたいだけど」

インターホンを押すと女性が出た。大畑幸子ならいいのだが。

「私、警視庁から参りました東條と申します。大畑幸子さんのお宅でしょうか?」

《はい。私ですけど——。でも、どうして警視庁の方が? 警視庁って東京でしょう?》

この口ぶりからすると、蛭田は彼女に会っていないのか? きていたら、『またですか』とか何とか言いそうなものだ。

「そうなんですけど、我々が担当している事件と松江で起きた事件との関連を調べておりまして」

《ちょっと待って下さい》

すぐに玄関引き戸が開き、ショートヘアーで細身の女性が出てきた。垢抜けた印象ではないが整った顔立ちで、黒いオーバーパンツに白のフリース姿。婚約者をなくしたショックからか、どことなく窶《やつ》れた印象だ。

警察手帳を提示した。

「蛭田という刑事が尋ねてきませんでしたか?」

「いいえ。私、外出しとって、たった今帰ってきましたけん」

蛭田は彼女が外出中にここを訪ねたということか。幸いだ、これで先を越せる。

「松江で起きた事件について、お話ししていただけませんか」

彼女は小さく頷くと、「お入り下さい」と言ってくれた。

座敷にとおされて熱い茶が振舞われた。強風と雪の中を歩いてきたから身体が冷え切っている。熱い茶は何よりも有難かった。

「寒かったでしょう?」

「ええ——」それにしても凄い風だ、家が揺れている。「海の傍だから風が強いんですね」

「はい。でも、今日はましな方ですよ。漁師達は休んでいますけどね」

さっき海を見たが、大波が防波堤を洗っていた。あれでましな方ということは、酷い時はどれほど海と風が荒れ狂うのか?

ショルダーバッグからマルAの写真を出した。

「お話を伺う前に、この人物に心当たりは?」

写真を見た彼女が、すぐに首を横に振った。

「知りません。この人がどうかしたんですか?」

「事件に巻き込まれまして——」それ以上は教えなかった。「この人物、森本さんと顔見知りだった可能性があるんです」

「隆久さんと知り合い? 写真、もう一度見せて下さい」

彼女は改めて写真を見てくれたが、答えは同じだった。

「知りませんねぇ。隆久さんの家族なら知っとられるかもしれませんけど」

「森本さんのご家族は仁摩町に?」

「はい。ご両親はここから五分ほど歩いた所にいます。お姉さんも仁摩町に住んでいますけど、山の方の集落で」

家族の住所を教えてもらったが、大事なことを忘れていた。マルAが整形していた可能性だ。それなら写真を見せても無駄なこと。

「話を戻しますが、この仁摩町で行方不明になった男性はいませんか？」

「聞いたことありません。でも、他の町にはおるかもしれませんよ。隣町の温泉津《ゆのつ》とか五十猛《いそたけ》とか、他にも和江《わえ》とか」

無論、この近辺の町は片っ端から当たるつもりだ。それより、マルAに関して何も知らないというのは本当だろうか？　彼女は森本の婚約者だったのだ。しかし、知っていた場合、あまりしつこく訊くのは逆効果になりかねない。

「では、この女性は？」

五十嵐奈美恵の写真も見せた。

「知りません」

「そうですか」話を松江の事件に切り替えることにした。「事件当日のことについて教えて下さい」

言った途端、彼女があからさまに不機嫌顔になった。

「どうされました？」

「私に事情聴取した刑事の顔を思い出したんです」

「は？」

「失礼な刑事やったんです！」

語尾が震えている。

「私、疑われたんですよ。所持品検査はされるし身体検査までされて……」

彼女の目に涙が滲《にじ》む。

「婚約者を亡くして途方に暮れとるのにそんなことされて、悔しゅうて悔しゅうて――」

「お気持ちはお察ししますが、それも職務ですので」

板垣を庇うわけではないが、第一発見者を疑えは捜査のセオリーだ。

彼女が落ち着くまで待った有紀は、「あなたと森本さんは、コンサート鑑賞のために松江に行かれたんですよね」と切り出した。

「はい」

「車で行かれたんですね？」

「そうです。彼の車で」

「コンサートが終わってホテルの部屋に戻られたそうですが、あなただけコンビニに行かれたとか。どこのコンビニですか？」

「ホテル前の道を、松江城に向かって六、七分ほど歩いた所にあります」

「では、買い物の時間も入れて、往復で十五分ほどかかったということですね」

「はい。買い物を終えて部屋に戻ったんですけど、まさかあんなことになっとるなんて……」

語尾は涙声となり、彼女が両手で顔を覆った。

「部屋に誰か尋ねてくる予定は？」

「ありませんでした」

「森本さんと武上さんは仲が悪かったと耳にしましたが」

「何度か殴り合いの喧嘩になったと聞きました。でも、殴り合ぅたんは何年も前のことで」

「他に森本さんとモメていた人物は？」

「知りません」

有紀は手帳をしまった。今日はこれで引き上げだ。

「ご協力、感謝します」

次は、森本と大畑幸子の当日の行動を知っていた橋田富雄と山根律子から話を訊くことにした。森本からマルAのことを聞かされている可能性もある。住所は板垣がくれたコピー用紙に書いてあった。蛭田が先に彼らに会っている可能性もあるが、教えてもらうのは癪《しやく》に障《さわ》る。

「橋田富雄さんと山根律子さんですが、ここから近いお宅は？」

「橋田君の家ですけど、二人に会うなら先に律っちゃんを訪ねた方がええと思いますよ。この時間は診療所におるけん、今行けば、夕方の診察前に話が訊けるんと違うかな」

先に山根律子に会うことにした。

「できれば地図を書いていただけないでしょうか」

地図はすぐに渡され、有紀達は辞去した。雪は止んでいる。

診療所までの道すがら、二人の少女と出くわした。年長の少女は、カバンを襷《たすき》がけにした幼い少女の手を引いている。どうやら姉妹のようだ。おさげ髪の妹は真っ赤な頬をして「寒い寒い」と口ずさみ、くしゃみを一つ飛ばした。

すると、姉がしゃがんで妹と同じ目線になり、ダウンパーカーのポケットからティッシュペーパーを出した。それを妹の鼻に当てて洟をかんでやる。

「仲のいい姉妹ですね」

元木が目尻を下げながら言った。

「うん」

自分達もそうだった。恵は優しい姉で、有紀は母よりも恵を慕っていた。

あの日も、折からの寒波で雪が降っており、東京は凍える街と化していた。

恵の遺体が発見されたのは多摩川に架かる鉄橋の真下だった。遺体は死後数時間を経過して殆ど凍りかけており、死後硬直と重なって手足を真っ直ぐにできない状態だったという。遺体は大学病院で司法解剖され、解剖後は同病院内の霊安室に安置されたのだった。

有紀がその凶報を受けたのは、高校のクラブ活動を終えた直後だった。着替える時間さえも惜しく、ジャージの上にダウンコートを羽織ってタクシーに乗り、大学病院に到着するまでの間、『お姉ちゃんのはずがない。きっと人違いだ』と自身に言い聞かせた。

しかし、霊安室の前で号泣する母と、母の肩を抱いて唇を強く噛みしめている父、壁を叩いて涙する恵の婚約者を目の当たりにして、恵の死が事実であることを受け入れざるを得なかった。

卒倒しそうなほどの動揺に耐えて霊安室に入り、「嘘よ」と呟きつつ遺体にかけられた白い布を捲った。僅かな望みが打ち砕かれた瞬間だった。そこには血色を失くした恵の顔があり、頬には涙の跡がはっきりと刻まれていた。まだ二十二歳の若さで理不尽にもこの世を去らなければならなかった恵の心を思うと、かつて経験したことのない憤怒《ふんぬ》で体中の血が逆流するかのようだった。目撃証言もなく、捜査は困難を極めて現在に至っているのだが――。

それから十分近く歩いて診療所に到着した。思っていたよりもモダンな平屋造りだ。

自動ドアを潜って下駄箱の青いスリッパを履き、もう一度奥の自動ドアを潜った。受付が左にあって、右のスペースは待合所になっている。広さは三十畳余りといったところで、ドーナツ状のソファーが二つと四人がけのソファーが三つあり、その奥は三畳ほどの畳スペースだ。診察時間まで三十分近くあるというのに、すでに受診者と思しき爺さん婆さんが十人以上いる。

受付に足を運ぶと、若い看護師が「初診の方ですか?」と尋ねてきた。

「いいえ」と答えて警察手帳を提示し、「山根律子さんはいらっしゃいますか?」と続けた。

看護師が驚いた顔をする。

「主任ですね。お待ち下さい」

彼女が奥に引っ込んですぐだった。赤いフレームのメガネをかけた小柄な看護師が受付横のドアから出てきた。

「山根ですけど」

「警視庁の東條と申します」

「警視庁? 何でしょうか?」

ここにも蛭田はきていないようだ。きていたら、彼女が何か言うはずだ。『さっきも警視庁の方がこられましたよ』とか――。先に橋田から話を訊いているのかもしれない。

「森本さんが殺害された件でお話を伺わせていただけないでしょうか?」

彼女が納得顔で頷き、別室にとおしてくれた。

「早速なんですけど、この男性に見覚えは?」

マルAの写真を渡すと、彼女の口から意外な事実が飛び出した。

「またこの人の写真ですか」

「また？」

どういうことだ？　やはり蛭田がきたのか？

「一昨日、探偵と名乗る男性がここにきて、『この男を知らないか？』って」

探偵？　まさか！

有紀は元木と顔を見合わせた。

「どんな男でした？」

「とても背が高くてがっちりしとって、ちょっと怖い目を」

槙野だ。マルAの写真を見せたということは、あの男もマルAの足取りを追っているということか？　しかし、どうして？　まあいい。槙野のことは後回しだ。

「この男性、ご存知ないですか？」

「知りません」

「では、この女性は？」

五十嵐奈美恵の写真も渡した。

「見たことないですねぇ」

彼女は眉一つ動かさない。マルAが仁摩町出身ではないのか、あるいは整形で顔を変えたのか。

「では、この数年間で、仁摩町で失踪騒ぎがあったことは？」と元木が訊く。

「聞いたことありません」

「引っ越して連絡が取れなくなっている知人は？　森本さん、そんな人物のこと話していませんでしたか？」

元木が重ねて質問する。

「森本さん。そんな話はしたことなかったです」

「そうですか」と有紀は言った。「ところで山根さん、あなたは森本さんが殺されたあと、松江に行かれたとか？」

「ええ。幸《さ》っちゃんから電話があって、一人にしておけんと思ぅたもんですから――。それで橋田君に連絡して二人で駆けつけたんです」

「その時の経緯を、詳しく話していただけませんか」

「幸っちゃんから電話があったんは午後十時半過ぎでした。自宅で髪を乾かしとったんですけど、好きな男と好きな音楽を聴きに行ったけん、嬉しそうな声が聞こえてくるに違いないと思ぅて電話に出たら、様子がおかしかったんです。消え入りそうな声で『もしもし』と。それで『どうしたん？』て言うたら、今度は啜り泣きが聞こえてきて――。だけん、これは何かあった。森本さんと喧嘩したんかなと感じて問い詰めたら、『隆久さんが殺された。今、病院におる』って言うやないですか。もうびっくりしてしもぅて――。幸っちゃんが泣きよるけん、冗談であろうはずがないと思いました。こっちの頭の中も真っ白で、どう言葉を返していいかも分からずに……。だけん、放っておけんと感じて、すぐに行くと伝えました。それから橋田君に連絡して車に乗ったんです」

「電車は使わなかったんですか？」

「あの時間に松江まで行く電車なんかありませんから」

そうだった。ローカルの山陰線だった。

「二時間ちょっとで病院に着いて、それから夜間受付で事情を話して森本さんの遺体の所在を尋ねたら、霊安室に運ばれたとのことでした。霊安室に入ったら、幸っちゃんは森本さんの遺体に縋って泣きよりました。声をかけるんも憚《はばか》られるほどでねぇ。そうしたら幸っちゃんが、幸っちゃんが——」

山根律子が白衣のポケットからハンカチを出して目に当てた。

「幸っちゃんが振り返って——。それで私に抱きついたかと思うと、その場に崩れ落ちたんです。号泣って、ああいうことを言うんでしょうね」

その時の光景が目に浮かぶようだ。

「それから幸っちゃんはこう言いました。『私は幸せになったらいかんの？　神様が意地悪しとるの？』って」山根律子が、くしゃくしゃになった顔で話す。「今でも、霊安室で見た森本さんの顔が目に焼き付いています。顔に傷はなかったけど、土気色になっとってねぇ。葬式の時の幸っちゃんも見ておれんかったです。柩に縋って泣いとったし――。可哀相に……。もらい泣きしとる人もようけおって」

山根律子の眉根が寄った。

「どうされました？」

「あの時の刑事のことを思い出したんです。幸っちゃんを疑うんやから、ほんとに腹が立つ」山根律子が唇を噛む。「何で私が疑われんといかんのって、幸っちゃん、あとで泣きよったんですよ」

板垣の対応がやや強引だったのだろうか。それにしても、山根律子も橋田も、二時間も車を飛ばして大畑幸子に会いに行くとは――。

「最後にもう一つ。探偵は他に何か言っていませんでしたか？」

「桑田智之を知っているかって」

桑田のことも追っている？

「桑田をご存知ですか？」

「仁摩の者はほとんど知っとりますよ」

「どうも、ご協力感謝します」次は橋田に会うことにした。「橋田さんのお宅はどの辺りでしょう？」

「口で言うのは難しいけん、地図描いてあげます」

地図を受け取って自動ドアを潜ると、「先輩。槙野さんもきてるみたいですね」と元木が言った。
「うん。ちょっと電話してみる」
槙野を呼び出すと、すぐに《おう》と声があった。
「おう、じゃありません。一体、仁摩町で何をされてるんですか？」
《おい、まさか――。そっちもきてんのか？》
「きてますよ」
《五十嵐さんとマルAの接点を探るって言ってたじゃねぇか》
「事態が急転したんです」
《急転って？》
「こっちが質問してるんです。どういうことか説明して下さい」
《込み入った事情があって……》
「今どこです？」
《大田市駅近くのスカイホテルっていうビジネスホテルだ》
こっちが泊まるホテルではないか。
「あとでもう一度電話します」携帯を切って元木を見た。「やっぱり槙野さんだった」

時間を潰すうちに午後五時を回り、橋田の家の近くまで足を運んだところで蛭田達と出くわした。

「何だ。お前らもきたのか」

蛭田が悪びれもせずに言う。

「寝台列車がお好きなようですね」と嫌味たっぷりに答えてやった。

「お前らがのろまなだけだ。島根県に飛ぶことが決まった時点で、最速で行ける交通機関が寝台列車であることに気づかない方が悪い」

いけしゃあしゃあと言ってくれる。

「橋田さんには会われたんですか？」

「まだだ。それよりそっちはどうだ？　大畑幸子に会ったんだろ？　彼女、何と言ってた？」

「まだ会ってないんですか？」

「会ったが、先にきた刑事さんに全部話した。あの刑事さんに訊いてくれと言われたんだ」

なるほど――。そう言われたのならさすがに隠すわけにもいかず、大畑幸子と山根律子の証言をありのままに伝えた。

「どちらもマルAを知らないと言ったか――」

「ええ」そうだ、忘れていた。ルミノール検査の結果を伝えないと。「板垣さんから言伝です。ルミノール検査の結果ですけど」

「反応は出なかったんだろ？」

「結果、聞かれたんですか？」

「いや、大畑幸子の証言の裏を取ったからな」

蛭田はその作業をしていたから、こっちが先に仁摩町に到着したのだ。

「俺がルミノール検査を依頼した理由、分かっているか？」

「はい」

元木に話したことを伝えた。

「まんざら馬鹿でもないようだな」

「で、証言の裏は？」

「彼女は、現場の部屋を出た七分後にコンビニに現れた。店内の防犯カメラにはっきりと映っていたよ。あのホテルからコンビニまで、男の足で五分弱、女なら六分はかかるだろう。現場の部屋からホテルの玄関まで約一分として合計七分。そして彼女は、部屋に戻る一分前にホテルのロビーの防犯カメラに捉えられている。森本を殺す時間なんかない」

「彼女の顔、よく分かりましたね。島根県警から写真提供があったんですか？」

「いや。島根県は車社会だと聞いたから、きっと彼女も運転免許証を持っているはずだと思った」

「免許センターに問い合わせたんですか」

「そうだ。それで顔写真のデータを携帯に送ってもらった」

「でも」と元木が言った。「ホテルを出た大畑幸子がコンビニまで走り、帰りも走ってホテルに戻ったとしたら？　森本を殺す時間を捻出できるんじゃありませんか？　ホテルからコンビニまでに設置されている防犯カメラに彼女の姿が映っているかも」

「残念ながら、そのエリアに防犯カメラはなかった」

「それなら、彼女がシロとは断定できないんじゃありませんか？」

蛭田が首を横に振る。

「お前の言うように、彼女が走ったとしても、服を着替える時間と犯行に必要な時間を捻出するには必死になって走らないといけない。歩いて六分の距離を必死になって走れば息も絶え絶えになるだろうし、それなりに汗もかく。でもな、大畑幸子に対応したコンビニの店員は、彼女にそんな様子は微塵もなかったと証言した。第一、あの黒ずくめの服はどこにあったんだ？　どこで着替えた？」

元木が頭を掻く。

「別の車を使った可能性は？　着替えもその車の中でしたとは考えられませんか」

今度は有紀が尋ねた。

「それもない。ホテルの駐車場の防犯カメラも、ホテルの周りにある四つの駐車場の防犯カメラも全てチェックしたが、その時間、出た車も入ってきた車もゼロだった。だから、タクシーを使った可能性も考えて部下にタクシー会社と個人タクシーを調べさせた。しかし、大畑幸子らしき人物を乗せたタクシーはナシと連絡があったよ」

「車を路上駐車していたら？」

元木が尚も言う。

「大畑幸子と森本は、事件当日の午後三時過ぎにホテルにチェックインしていた。その後、二人が午後四時過ぎに外出したことと、午後九時二十分にホテルに戻ったことを防犯カメラの映像で確認した。つまり、大畑幸子は仁摩町を出てから午後九時二十分までずっと森本と一緒だったわけで、森本の目を盗んで車を路上駐車するには仁摩町を出る前に一度、松江にきていなければならないことになる。そうすると、かなり長い時間路上駐車しないといけないわけだから、当然、レッカー移動されるリスクが生じる。人殺しを計画している人間が、そんなトンマなことをするか？　確率は低いかもしれんが、万が一、レッカー移動されたら計画は失敗するんだぞ」

「ああ、そうか――。では、バイクを使ったってことは？　バイクを積んだワンボックスカーとかＳＵＶを駐車場に入れておけば」

「どうしても大畑幸子を犯人にしたいみたいだな」

「そんなことはありません。あくまでも可能性のことを言ってるだけで」

「結論から言えばノーだ。まずホテルの駐車場だが、フェンスがあって、バイクでも出入口以外から外に出るのは不可能。その出入口には防犯カメラがあるし、さっきも言ったように、森本が殺された時間帯に出入りした車はゼロでバイクも同じだった。次にホテル周りの駐車場だが、一ヶ所だけ防犯カメラに映らないでバイクが出入りできる造りになっていて、そこに止められていた車が三台だったことも分かった。二台はセダン、一台はハコバンだ」

「ハコバンならバイクを積めますよ。所有者は分かったんですが？」

「幸い、防犯カメラにナンバーが映っていたからな。マツダオート出雲店の社用車だったよ。六ヶ月点検の台車として貸出したそうだが、借りたのは大畑幸子じゃなかった。それでも彼女を疑うか？」

「――いいえ」

「大畑幸子は完全にシロですか」と有紀は言った。

「シロだ。彼女は森本の婚約者だったわけだし、世間一般では婚約中が一番幸せだという意見が多い。そんな幸せの真っ只中にいる女が婚約者殺しなんかしないだろう。第一発見者を疑えは捜査のセオリーだから、一応、彼女が犯人だったらという設定であれこれ調べてはみたがな。とはいえ、女が犯人という可能性は捨て切れん」

誰を疑っているのか？　五十嵐奈美恵か？　あるいは――。

「秋本という人物についてはどう思われます？」

「容疑者の筆頭だと思うが、何者かな？」

「マルAと関係しているのかも」

「それは有り得る。いずれにしても、森本はまっとうに生きてきたわけじゃなさそうだ。偽装契約したプリペイド携帯を使う人物と繋がりがあって、他人の戸籍を乗っ取った男とも接触していたかもしれないんだからな。そして最後は殺された。それじゃ、橋田さんから話を訊くか」

　蛭田が部下に目配せした。

「我々も同行させて下さい。橋田さんの家の地図も持っていますし」

「勝手にしろ」

　蛭田が歩き出すと、元木が耳元で「先輩」と言った。

「何？」

「大畑さんはシロでも、女性が犯人である可能性は否定し切れないってことは、蛭田さん、五十嵐奈美恵を疑ってるんじゃありませんか？　彼女の車の中には森本の毛髪があったわけですし——。となると、秋本が五十嵐奈美恵ってことかな？」

「蛭田さんのことだから、奈美恵のアリバイを調べるよう捜査本部に依頼したと思う」


　橋田の自宅は集合住宅で、部屋は二階にあった。

有紀が呼び鈴を鳴らすと、二重顎によく育った腹周りの男が出てきた。警察手帳と身分を告げてから「橋田富雄さんはご在宅でしょうか？」と尋ねたところ、その男が橋田本人で、部屋の中で事情聴取することになった。

リビングにとおされたが人の気配がしない。独り身か？

雑談を終え、有紀はマルAと五十嵐奈美恵の写真を見せた。

「この二人に見覚えは？」

「見たことないなぁ」と即座に返事があった。挙動不審な点はない。

「では」と今度は蛭田が言った。「仁摩町で行方不明になった男性はいませんか」

「聞いたことありませんよ。昔のことは知りませんけど」

その後、森本の件に話は及んだ。

「なんで東京の刑事さんまでがあの事件を調べとるんですか？　さっきの写真の男女が関係しとるんですか？」

「それはまだ分かりません」と蛭田が答える。「森本さんはどんな方でした？」

「ええ人だったですよ、後輩連中の面倒見もよぅて……」

「武上さんという漁師さんはどんな方です？」

蛭田が重ねて質問すると、橋田が表情を曇らせた。少なくとも『良い人』ではなさそうだ――。

「気が短こぅてね。それに、ちぃと乱暴というか——。森本さんと犬猿の仲で、何度も殴り合いになったんですよ。県警の刑事さんにも話したんですけど、居酒屋で『隆久の奴、いつか殺したる』と言ぅたとかで——。まあ、噂ですけどね」

そんな噂があるのなら、県警が武上に張り付いたのも無理はないか。

「森本さんも気の毒になぁ。やっと想いが通じたのに……」

「想い？」と元木が訊く。

「森本さんは子供の頃から幸子のことが好きで——。だからずっと幸子に猛アタックしとったんですよ。そして最近になってようやく、幸子が森本さんの想いを受け入れました。仲間内で集まった時の、『幸子と結婚する』ってみんなに報告した時の、あの照れくさそうな、それでいて嬉しそうな森本さんの顔を思うと気の毒で気の毒で……」

「あなたは、山根さんと二人で松江に行かれたんですよね」と有紀が尋ねた。

「はい。ここで一人でビール飲んどったら律子から電話があったもんですから——。それで律子の車で松江まで」

「ところで、山根さんは既婚ですか？」

重ねて訊く。

「いいえ、離婚して今は独身ですよ」

「では一人暮らし？」

「ええ」

「橋田さんは？　ご家族は？」

「実家に両親と兄がいますけど、それが何か？」

「ちょっとお尋ねしただけです」

それからも幾つか質問したが、マルAに繋がると思える証言はなく、蛭田が有紀を見て「失礼しようか」と言った。異議なし。

駅に辿り着いたところで踏切の警報音が聞こえ、四人は急いで切符を買った。無人のプラットホームに路線バスさながらの一両編成が滑り込んでくる。

誰もいない車内に乗り込んだ有紀は、蛭田と距離を置いて槙野に電話した。

《おう》

「これからスカイホテルに戻ります」

《戻る？　そっちも同じホテルか》

「そうです。元木もいますよ」

《そうか——。俺はホテルの前の『灯《ともしび》』っていう居酒屋にいる》

携帯を切ると、「山根さんも橋田さんも友達思いですよね。二時間もかけて大畑さんの許に駆けつけたんですから」と元木が言った。

「そのことなんだけど、ちょっと引っかかるのよ」

度が過ぎた猜疑心《さいぎしん》か？　しかし気になる。

「何がですか？」

「普通、夜中に二時間も車を飛ばして、遠く離れた松江まで行くかな？」

「ひょっとして、二人を疑ってるんですか？」

「ええ」

「だから、山根さんが既婚かどうかとか、橋田さんの家族の話だとか、唐突な質問をしたんですね」

「そうよ。山根さんは、自宅で髪を乾かしている時に大畑さんから電話があったと話した。でも彼女は一人暮らしで、自宅で電話を受けたことを証明する人物はいないことにならない？」

「でも、橋田さんと一緒に松江に行ったんですよ」

「確かに、橋田さんの証言を鵜呑みにすれば山根さんのアリバイは成り立つ。でも、橋田さんの証言が本当って言い切れる？　彼に家族のことを尋ねた時、真っ先に『実家に両親と兄がいる』って答えた。それは未婚だからよ。それに、あの部屋で一人飲みしてたっていうから、山根さんから電話をもらったことを証明する人物はいないわ」

「森本が殺された時間、二人が松江にいたかもしれないと？」

「うん」

「秋本っていう人物は？　一番怪しいと思うんすけど」

「だからといって、二人がシロという確証は得られていない。少しでも容疑者の可能性があればリストに加える。多分、蛭田さんも私と同じ考えだと思う」

2

焼酎のお湯割りを飲み干すと「いらっしゃいませ」の声が聞こえ、槙野は個室座敷の襖《ふすま》を開けた。東條と元木だ。「お〜い」と声をかけ、二人に向かっておいでおいでをする。さっきまではカウンターで飲んでいたが、内密の話になるから座敷に移ったのだった。高坂も誘ったが、本業のことで確認作業があるらしくホテルにいる。

東條が大股で歩み寄ってきて、開口一番、「きっちり説明してもらいますよ」と言った。

「分かってるって」

元木が軽く頭を下げ、槙野は「おう」と返した。

二人が座卓の正面に座ると、店員が注文を取りにきた。

東條と元木は生ビール、槙野は焼酎のお代わりを注文した。ツマミも適当に頼む。

すぐにジョッキと陶器のグラスが運ばれ、東條がビールを半分飲んで改めて槙野を見た。

「話して下さい」

「狛江市の射殺事件を担当したのは俺がいた班だった」

東條も元木も、ジョッキを持ったまま固まる。

「だけど、俺が例の不祥事を起こしちまったろ。だから俺はすぐに捜査から外されて、結局、警察をクビになった」

それから槙野は、桑田とマルAを調べている理由を話し、二人はその話を黙って聞いていた。

「俺がマルAのやったことを突き止めたのは天の配剤だと思う。あの時も俺がクビにならなきゃ、あの事件は解決していたかもしれねぇんだ。そうと思うとじっとしていられなくて、真相を突き止めることにした。仲間を裏切ったことへの贖罪も勿論ある」

「無茶するなぁ」と元木が言い、ジョッキに口をつけた。

東條も溜息を吐き出す。

「仕事はどうしたんですか？」

「所長に泣きついて一ヶ月の休暇をもらった」

「一ヶ月で真相に辿りつけますか？」

元木が訊く。

「何とかするさ」

「呆れた」と東條が言う。

「止めても無駄だぞ。今回ばかりは警察を敵に回してでもやる」

「止めませんよ、無駄なことは分かっていますから。それなら情報提供してもらった方がいいです」

「そう言ってくれると思ったよ」

「でも、他班のことは知りませんよ」

「誰がきてる？」

「今のところ、蛭田さんと蛭田さんの部下達が」

元木が言った。

「マムシか――」

「今のところですよ」東條が念を押した。「近いうちに三浦さん達もくるかもしれません」

「やり難くなるが仕方ねぇな」だが、三浦達がスカイホテルに泊まれば顔を合わすかもしれないし、そうなったら面倒なことになるのは明らかだ。宿を移ることにした。確か、大田市の西隣に江津《ごうつ》という市があった。そこのホテルなら仁摩町から離れているから連中もこないだろう。「で、事態が急転したってのは？」

「他言無用ですよ」

「無論だ」

「先月の二十三日、松江市のホテルで森本隆久という男が刺殺されたんですけど、その男の毛髪のＤＮＡと、五十嵐奈美恵の車から採取された毛髪のＤＮＡが一致したんです。おまけに、森本の住所は仁摩町」

「何？　じゃあ、射殺された桑田と接点があったかもしれねぇってことか」

「大いに」

桑田はその森本に会いにきていたのだ。杉浦という男は関係ない。その後、松江で起きた刺殺事件の詳細を聞いた。

「ふ〜ん。実はな、桑田は数年前に仁摩町にきていた。桑田は仁摩町の鼻摘み者で実家も広島に引っ越しているし、桑田自身も東京に根を張っていたというのにだ」

「変ですね。森本に会いにきたのかも」

「でも、理由は？」

元木が言う。

「そいつを調べるのはこれからだ」東條に目を向けた。「森本が殺された時の状況、もう少し詳しく教えてくれ」

東條の説明を聞き終えると、焼酎のグラスも空になっていた。またお代わりを注文する。

「ところで、五十嵐奈美恵はどうしてる？」

「相変わらずです」と東條が答えた。

「そうか――。マムシからの情報は?」

「ありませんよ」即座に元木が言った。「単独行動してますしね」

「マムシは昔からそうだって聞いた。とにかく、情報を独占したがるそうだ。人に負けるのが余程嫌いなんだろうな」

3

コートとスーツをハンガーにかけた東條有紀は、煩《わずら》わしいメイクを落とすべくバスルームに入った。できるならすっぴんでいたいが、世間はこっちのことを普通の女と認識しているからそうもいかない。
さっぱりしてバスルームを出ると長谷川から電話があり、ざっと今日一日のことを伝えた。
《蛭田にも困ったもんだな》
「完全に単独捜査する気ですよ」
《あいつのことだ、言ったところで無駄さ。それより、森本と桑田の出身地が同じだったとはな。そっちに何人か行くことになるだろう》
当然だと思う。いくら狭い町だといっても、四人や五人で訊き込みするのは手に余る。

「ところで、防犯カメラの映像はご覧になられましたか?」
《ああ。五十嵐奈美恵にも森本の写真を見せた》
「反応は?」
《無反応だ。眉一つ動かさずに、『この人誰ですか?』と言い放った。だが、彼女には十一月二十三日のアリバイがない》
やはり蛭田は、森本が殺された日の奈美恵のアリバイを調べさせていた。
《一人で自宅にいたと話したよ》
「松江に行っていた可能性もありますね。秋本という人物、奈美恵かもしれません」
《有り得るな。それとな、全国の木村一男という人物をチェックしたが、マルAと一致する人物はゼロだった》
「やはり、マルAは偽名を使っていたようですね」
《ああ。そんなことだろうとは思っていたがな》
「話は変わりますけど、槙野さんもこっちにきています」
《え?》
槙野から聞かされた理由を話した。
《あいつなりに心を痛めてたってことか》
「はい。止めても無駄だと言われました」

《だが、出過ぎた真似をしたら放っておけんだろ。その時は鏡さんから説得してもらおう》
携帯を切って服を脱ぎ、シャワーを浴びてほっと一息つく。
それにしても、マルAは誰なのか？
バスルームを出て髪を乾かしているとまた携帯が鳴った。今度は板垣からだ。
「東條です」
《こんばんは――。明日、武上から再度話を訊くことになったもんで、お知らせしとこうと思いましてね》
「任意ですよね」
《ええ。取り調べ、見学なさいますか？》
「是非」
《では午前九時半に、二階の第一取調室横の覗き部屋にきて下さい》
「はい。蛭田にも伝えます」
《ところで、バスルームのことは分かったんですか？」
「はあ？」思わず首を突き出す。何のことだ？「バスルーム？」
《あれ？　蛭田さんから聞かれなかったんですか？》
「どういったことでしょう？」
《蛭田さんを現場に案内した若い刑事と、県警の玄関前で会ぅたでしょう》

「ええ」
《あとになってあいつが、『蛭田さんがバスルームに入って何度も首を捻っていた。そして、どうしてだ？　と呟いていた』と言いましてね。それで私も、バスルームに何かあるんだろうかと悩んでしもぅてねぇ。まあ、ご存知ないなら蛭田さんに尋ねて下さい》
携帯を切ると蛭田の顔が頭に浮かんだ。現場のバスルームで何を感じた？　蛭田が秘密主義者であることはハナから分かっているから腹も立たないが、あっちが疑問に思ったことに自分が気づけなかったことが情けない。

＊＊＊

十二月四日　月曜日——

電車を降りた有紀は軽く身震いした。松江は今にも泣き出しそうな天気だ。天気予報によると、今週いっぱいは荒れた天気が続くという。

タクシーで県警本部に移動した有紀達は、指定された第一取調室横の覗き部屋を探した。すると、前回出会った若い刑事と廊下で出くわした。

「板垣から話は聞いています。こちらです」

案内された部屋は四畳半あるなしの空間で、すでに数人の男性が集まっていた。彼らに向かって頭を下げた警視庁組は、隅のスペースに陣取った。
ほどなくしてマジックミラーの向こうのドアが開き、坊主頭の男が入ってきた。体格がよくて長い顔、瞼は一重で厚ぼったく、唇も分厚い。表情は不機嫌そのものといったところで、パイプ椅子に座って溜息をつく。
続いて板垣が入室し、最後にさっきの若い刑事が入ってドアを閉めた。
《ほんなら始めましょうか。十一月二十三日の午後十時頃、どちらにいらっしゃいました？》
板垣が言い、武上が舌を打ち鳴らした。
《家におったって、前にも言うたろう》
《それを証明してくれる人、見つかったんですか？》
武上が首を横に振る。
《それなら、あんたの言い分をはいそうですかと受け止めるわけにはいかんなぁ》
《そがぁなこと言われても、おらんもんは仕方なかろうが！》
武上が語気を強め、板垣は首筋を掻いた。
《仕方ないでは済まんのですよ》
《刑事さん。わしが人を殺すような人間に見えるか？》
板垣は答えず、武上に顔を近づけた。
《どうでしょう？　あんたの家と車、調べさせてくれませんか？　それで何も出てこん

かったら、あんたの話を信じようじゃありませんか》
《家宅捜索するっちゅうんか？》
板垣が顔の前で激しく手を振る。
《そんな大袈裟のもんと違う。ちぃと見せてもらうだけですけん。それとも、わしらに見られたら困ることでも？》
《そんなもん、ありゃせんわい》
《ほぅ。それなら見せても構わんよねぇ。断るなら、裁判所に家宅捜索申請することになりますが》
《裁判所？》
ややあって、《好きに調べろや》と武上が吐き捨てた。
「どう思います？」と元木が小声で訊く。
「さあ？」としか言えなかった。
車を調べるのはルミノール検査をするため、家の捜索は犯行に使われた凶器が残されているかどうかを調べるためだろうが、万が一、家に凶器等の物証があるとするなら、武上は証拠を持ち帰った大馬鹿ということになる。とはいえ、武上はアリバイを証明できないのだから疑われても致し方のないことではあるが——。
《話は変わりますが、秋本という人物に心当たりは？　森本さんと親しかったようなんで

すがね》

《森本の知り合いのことなんか知るわけなかろう》

《そうですか》

事情聴取は十五分余りで休憩となり、有紀は武上との接見許可を板垣に求めた。マルAの写真を見せるのだ。

休憩が終わり、有紀は武上と対峙した。

「警視庁捜査一課の東條です」

「警視庁？」武上が奇声に似た声を出す。「警視庁いうたら東京だろ？　何でここにおるんだ？」

「この男の身元を探っています」マルAの写真を突きつける。「知ってますか？」

武上が写真を見る。

「知らん、こんな男」

「本当に？」

「嘘なんか言うとらんわい。それより刑事さん、わしは何もしとらん。あの歳食った刑事に言うてくれや」

「あなたが事件と無関係と分かれば、二度とここには呼ばれませんよ。もう一度お尋ねしますけど、本当にこの男を知らないんですね」

「知らん知らん」

武上が怒ったような口調で訴えた。

見たところ、挙動不審な点はないが——。

取調室を出ると板垣がいて、有紀は「お手数をおかけしました」と礼を言った。

それから警視庁組は県警本部を出たが、ここからは蛭田達と別行動を取る。これから松江グランドホテルに行くのだ。

「蛭田さん。ここからは別行動ということで」

「当たり前だ」

蛭田と部下がその場を去った。

松江グランドホテルに到着した二人はフロントに足を運び、身分を告げて五〇七号室のカードキーを借り受けた。

五〇七室に入った有紀はバスルームに直行した。

何だ？　蛭田は何に気づいた？

天井裏も覗いたが留意するような点はない。バスルーム自体もどこにでもあるユニットバスだ。

ダメだ、分からない。あの男が気づいたことに、どうして自分は気づけない？　知らず、唇を噛んでいた。とりあえず、バスルームの写真を撮っておこう。頭がニュートラルな状態で写真を見返せば何か閃《ひらめ》くかもしれない。

昼過ぎに仁摩町に移動して訊き込み作業を開始した。

訊き込みを続けるうちに意外な事実を摑んだ。『探偵も同じ男性のことを調べていた』という証言の他に、『弁護士も同じ男性のことを尋ね回っている』という話も聞いたのである。槙野が連れてきたに違いないが、弁護士とは――。

しかし、マルAに関する証言はゼロ。結局、午後八時に訊き込みを終えてホテルに戻ることになった。

仁万駅までの道を歩いていると、遠くから笛と太鼓の音が聞こえてきた。

「祭りでもやってるんでしょうか？」と元木が言う。

「こんな時間に？　島根県は神楽《かぐら》が有名だそうだから、それの稽古でもしてるんじゃないかしら？」

「カグラ？」

「神に楽しむって書くのよ。歌舞伎のルーツっていう説もあるらしいわ」

「詳しいですね」

「ホテルに置いてあるパンフレットを見たからよ」

そう答えた矢先、サイレンが鳴り響いた。続いて、どこかのスピーカーから大音量の野太い声が聞こえてくる。

《大田消防署です。仁摩町朝日区で火事です。消防仁摩分団は直ちに出動して下さい。繰り返します》

「先輩。火事ですって」

「この寒空に焼け出されるんだから、住民も気の毒なことね」

それから間もなくして、西の方からサイレンが聞こえてきた。サイレンは大きくなるばかりで、やがて『仁摩消防団』と書かれた小型消防車が二人を抜き去って行った。

4

十二月五日　火曜日――

顔を洗ってバスルームを出た槙野は、リモコンを握ってテレビを点けた。映し出されたのは燃え盛る民家で、紅蓮《ぐれん》の炎が渦を巻いて立ち昇り、消防隊員達が消火活動に当たっている。

続いてナレーションが流れた。

《昨夜、大田市仁摩町の民家で火事があり、焼け跡から二体の焼死体が見つかりました。住民二人の行方が分かっていないことから、警察はこの焼死体がそうではないかと見てい

ます》

仁摩町で火事があったことは知らなかった。しかも、犠牲者が出たとは――。

それからいつものように仁摩町に移動して、高坂と手分けして訊き込みを開始した。

だが、昼になっても気の利いた話はゼロ。腹が減ってきたこともあり、聞き込み中に見つけた九号線沿いの食堂で高坂と待ち合わせることになった。

食堂の引き戸を開くと、作業服姿の男達が四人がけテーブルに陣取っていた。槙野は彼らの隣のテーブルに着き、高坂を待った。

ほどなくして高坂が現れ、槙野は鯖味噌煮定食を、高坂がカツ丼を注文する。

「槙野さん。警察の方はどうなんでしょうね。何か情報を摑んだでしょうか？」

「どうかな？」

テレビはニュース番組を映していて、全国版のニュースからローカルニュースのコーナーに変わった。真っ先にアナウンサーが、昨夜、仁摩町内で起こった火事の話をする。

そして槙野だけでなく、隣の席の四人もテレビにかじりつくことになった。

アナウンサーが、『遺体はこの家の主の松下千恵さんと長女と確認され、出火の原因はタバコの火の不始末である可能性が高い』と告げたのだ。

松下？

隣のテーブルにいる一人が、「図書館の千恵だ」と驚き混じりの声で言う。

あの杉浦の別れた妻だ！

槙野は四人の会話に耳を傾けた。

「タバコ、ちゃんと消さんかったんだなぁ。可哀想に」

「千恵には子供が二人おったろ。長女が死んだとアナウンサーは言うとったけど、下の子の話はせんかったな」

「助かったんじゃなかろうか？」

火事で死ぬとは気の毒に――。松下千恵の下の子にしても、生き残ったからといって母と姉を同時に亡くしたのだから心に刻まれた傷の深さは計りしれないだろう。

「槙野さん。怖い顔してどうしたんですか？」

「火事の被害者だ。例の、杉浦っていう漁師の別れた女房と子供だよ」

「え？」高坂が改めて画面を見つめる。「気の毒に――」

ニュースは別のトピックを提供し、定食が運ばれてきた。

定食は思いの外美味く、箸がやたらに進む。

「槙野さん。杉浦さんも亡くなったそうですけど、死因は何だったんです？」

「知らねぇ」

「桑田が杉浦さんと接触したのなら、死因ぐらいは確かめた方がよくありませんか？　桑田はとんでもない男でしたし」

「桑田に殺されたってのか？」

「あるいは、桑田のせいで自殺したとか――」

「それなら妹が何か言ったはずだ。兄の敵だとか何とか」

「でも気になるなぁ。それに、桑田と接触した人物の元妻と子供が、我々と警察が訊き込みを始めた矢先に焼け死んだんですよ。タイミングが良過ぎません？」

「確かにな――」高坂の助言で解決した調査も多々ある。確認だけはしておくべきか。「分かったよ。あとで仁摩漁協に行ってくる」


漁港に到着すると、大小取り混ぜた漁船が数隻、岸壁に横づけして水揚げ作業を行っていた。今日も風が強いが、無理をして出漁したようだ。

漁協の建屋に入って階段を駆け上がり、ガラス戸を押し開いた。あの男性職員が、前回いた老漁師と言葉を交わしている。

こっちの視線に気づいたようで、男性職員が軽く頭を下げてきた。

「今度は何ですか？」

「度々すみません。杉浦さんは亡くなられたそうですけど、事故ですか？　それともご病気で？」

「海で死んだ」と老漁師が代わりに教えてくれた。「時化《しけ》食ろうてのぅ。あん時の時化はもの凄かったけん――。朝のうちは凪だったけんわしも漁に出たが、午後から急に時化始めてな。わしは何とか帰港できたけど、杉浦は風に捕まってしもぅた。あの時は突風でやってきたけん」

その時の恐怖は如何ばかりか。それより、杉浦が時化で死んだのなら桑田は無関係だ。別れた女房と長女が焼死したことも偶然か。

「杉浦も気の毒だったが、妹も気の毒だった。あの子は家族縁が薄いっちゅうか――」

「おっちゃん。あの子は連れ子だって聞いたで」と男性職員が言う。

「そうそう。杉浦の親父が嫁さんに逃げられて、何年かしてからあの妹の母親を後添いさんにもろぅた。だけん、あの兄妹は似とらん」

「血が繋がっとらんにしては仲が良かったがのぅ。あの噂、本当かもしれんで」

「二人ができとったっていう噂か」

「うん。杉浦さんが離婚した原因はそれかもしれんて聞いた」

「どうかのぅ」漁師が首を捻る。「杉浦が十六で継母《ままはは》が死んで、十八ん時に親父《おやじ》も死んだ。妹はまだ中学生だったけん言ぅてみれば杉浦が親代わりだった。それで妹が杉浦を慕ぅとったからと違うか？」

そんな話なんかどうでもいい。それより杉浦は海で死んだのか。板子一枚下は地獄と言うが、漁師は正に命懸けの商売だ。そして昨夜、杉浦の別れた妻と長女までもが鬼籍に入ってしまったとは。

礼を言って車に戻ると携帯が鳴った。だが、番号だけで名前はなし。

「はい――」

《てめぇ、何をちょこまか動き回ってんだ？》

どこかで聞いた声だが思い出せない。

「誰だ？」

《組対の三浦だ！》

そうだった！　海坊主の声だ。東條が『三浦さん達もくるかもしれない』と言っていたから、それが当たったようだ。しかし、東條がこっちの番号を教えるはずがないから仁摩町の住民から情報を得たのだろう。

今までに相当数の名刺を住民達に渡してきた。だから、同じ住民に事情聴取した三浦達が、『この探偵さんもこの写真の人を調べていた』と教えられたに違いない。

名刺には住所と社名も書かれてあるし、組対の連中なら鏡探偵事務所と聞けばピンとくる。鏡も組対にいたのである。更に、名刺に槙野康平と書かれていれば、必然的に『あの恥さらし』のことだと答えは出る。

「お久しぶりです。お元気ですか？」

《そんなこたぁどうだっていい。何をこそこそしてんのかって訊いてんだ!》
「仕事ですよ」
本当のことなど言えるわけがない。
《嘘つくな! お前がマルAのネタを持ち込んだことは聞いたが、どうしてマルAと桑田のことまで調べる必要がある?》
「だから仕事だって言ったでしょ。依頼内容は守秘義務があって言えないんですよ」
《ふざけんな!》
「失礼します」
一方的に通話を終わらせた。ついでに三浦の携帯番号を着信拒否に設定。
江津市内のビジネスホテルにチェックインして間もなく、東條から電話があった。
《三浦さんのことですけど、昼過ぎにこちらにこられましたよ》
「知ってるよ。さっき電話があった」
《それで?》
「えれぇ剣幕で『何を嗅ぎ回ってやがんだ』って言うから、すっ惚けて電話を切ってやった」
《でも、三浦さんもスカイホテルに宿泊です。顔を合わせたら拙《まず》いんじゃありません?》

「そんなこともあろうかと思って、宿を大田市の隣の江津市に移した」
《手際がいいですね。ところで、何か進展は？》
「ない。桑田の同級生が死んだって聞いたから桑田が絡んでるんじゃねぇかと思って死因を調べたんだが、海で死んでいたよ。大時化食らったってさ。漁師だったんだ。そっちは？」
《蛭田さんが、森本が殺された現場で何かに気づいたようなんです。島根県警の捜査員が話してくました。蛭田さんがバスルームに入って何度も首を捻り、『どうしてだ？』って呟いていたと――。それでもう一度、現場に行ってみたんですけど、さっぱり分からなくて》
「マムシに尋ねなかったのか？」
《あの人のことですから訊いたって教えてくれるわけがありません》
「まあそうだろうな。そのバスルームの写真があったら参考までに見せてくれ」
《メールに画像を添付して送ります。それはそうと、弁護士も同行してるんですか？》
「そうなんだ。うちの事務所の秘密兵器で、今回は個人的に雇った」
《秘密兵器？》
「便利な男でな。そのうち紹介するよ」
通話を終えて間もなく、メールの着信があった。データも添付されている。
ファイルを開いて写真を凝視したものの、どこにでもあるバスルームだ。洞察力抜群の東條が気づかないことに気づくとは、さすが班を任されるだけのことはあるが、マムシはどこに違和感を覚えた？

リモコンを握ってテレビを点けると、映し出されたのは等圧線が混み合った天気図で、気象予報士が今後の天気概況を伝えている。低気圧が急発達しているため、明日は今日以上の強風になるという。時化ばかりだから漁師も生活が大変だろう。聞くところによると、日本海の漁師の出漁日数は一年の内で二百日足らずしかないそうで、原因は冬の間の長時化だそうだ。何日も荒れ狂う日本海を眺めてみて、そのことがよく分かった。

コンビニ弁当を食べ終わってバスルームに入り、バスタブに湯を溜めた。

テレビの前に戻ると、画面は大時化の海に切り替わっていた。白い塊となって消波ブロックに打ち寄せる大波が砕け散り、時には防波堤をも越えて行く。

あんな所にいたら一発で波に拐《さら》われるだろうな――。

そうごちた次の瞬間、あの老漁師の話が蘇ってきた。

そうだ！　その可能性はある。過去にも似たような事件があった。仁摩の漁業組合に問い合わせてみるか。いや、待て。もしこっちの考えが正しければ、マルAには協力者がいたことになる。下手に漁協に問い合わせて噂にでもなれば、協力者の耳に入って予期せぬ事態になるかもしれないのだ。ではどうやって調べる？

答えはすぐに見つかった。海上保安庁――。

携帯で検索したところ、江津市の西隣の浜田市に第八管区海上保安部があると分かった。

よし！　捜索調書を見せてもらおう。高坂がいるから簡単に応じてくれるだろう。

第五章

1

十二月六日　水曜日　午前――

浜田海上保安部は、ＪＲ浜田駅から車で十分ほどの距離にあった。浜田港は島根県で一番大きな港だそうで、浜田海上保安部はその一角を占《し》める四階建てのコンクリート建屋だった。正面の岸壁には巡視船が停泊しており、海保の制服を着た若者たちが甲板上で何やら作業をしている。

建屋に足を踏み入れた槙野は、「先生。打ち合わせどおりに頼む」と高坂に言った。

「任せて下さい」

高坂が受付カウンターに歩いて行く。槙野も助手のふりをして続いた。

「私、こういう者です」高坂が、若い職員に身分証と弁護士バッジを見せた。「海難事故についてお尋ねしたいことがありまして――。遭難者の名前は杉浦誠一さん、杉林の杉に浦島太郎の浦、誠に漢数字の一と書くんですが、亡くなっています」

「いつのことでしょうか？」

「正確な日付けは分からないんですが」

「杉浦誠一さんですね。少々お待ち下さい、調べてきます」

職員がデスクに着き、ＰＣを操作し始めた。

杉浦は大時化に遭って死んだそうだが、昨夜、その遭難した時の状況に疑問を持った。きっかけはテレビの一場面で、これまた大時化の荒れ狂う海を映し出していた。海で遭難した場合、捜索は海と空からの二面行動となる。だが、海は広大で、凪の場合でも人間一人を見つけ出すのは至難の業。凪の時でもそうなのだから、『時化の、しかも大時化の状況で遭難者を発見できただろうか？』の思いが脳裏を過《よぎ》ったのだった。

待つうちに職員のデスクのプリンターが作動し、コピー用紙を数枚吐き出した。

職員がそれを持ってカウンターにやってくる。

「お待たせしました。杉浦誠一さん、確かに二〇一〇年十二月二十三日に遭難しておられます。当時の年齢は三十一歳。捜索期間は七日間で、我々海保と地元漁業者の合同で行いましたが、残念ながら杉浦さんを発見できませんでした」

やはり遺体は見つかっていなかった。それなら、死んだとは断定できない。高坂がこっちを横目で見て、「槙野さん」と興奮気味に言う。

興奮しているのはこっちも同じだった。杉浦が生きている可能性が出てきたのだ。マルAは杉浦かもしれない。

調書のコピーが渡され、二人は職員に礼を言って車に戻った。

槙野はそれを何度も読み返した。杉浦は僚船十数隻と共に漁に出て、帰港途中に海が荒れて遭難したとある。

「槙野さん。杉浦が偽装遭難したとすると、保険金目当てと考えていいんじゃないですか？」

「俺もそう思う。過去にも、偽装遭難して保険金を騙し取ろうとした漁師親子がいたしな。杉浦はそれを模倣《もほう》したのかもしれねぇ。すでに保険金を手にしたか――」

普通遭難の場合、七年経たないと死亡認定されないから保険金が支払われるのも七年後。しかし、海難事故で行方不明になった場合は一年後に死亡認定されるから、当然、保険金も一年後に支払われる。

だが、杉浦が生きているとすると、誰かが杉浦を沖から連れ帰ったことになる。誰だ？杉浦の妹の顔と元妻の顔が浮かんだ。彼女達が何も知らなかったとは思えない。二人ともグルか？　もしそうなら、杉浦夫婦は偽装離婚したことにならないか？

食堂で見た、火事の映像が脳裏を掠めていく。

松下千恵は焼死した。そして彼女の長女も――。出火の原因はタバコの火の不始末ということだが、果たして本当か？

松下母子のことはあとだ。まずは、杉浦が遭難した時のもっと詳しい状況が知りたい。ここから先は杉浦の僚船の船長達から話を訊くしかないだろう。何と言っても、彼らは無線で随時やり取りをしていたはずだからだ。杉浦の共犯者の耳に入る可能性はあるが、多少のリスクは覚悟しないと事態の進展は望めない。杉浦の家に案内してくれた、あの漁師に尋ねてみるか。杉浦に別れた妻と子供がいることも教えてくれた親切な人物だった。
仁摩漁協に電話するとあの男性職員が出て、すんなりと老漁師の名前と電話番号を教えてくれた。
すぐさま老漁師宅に電話すると、本人が出た。声で分かる。
「こんにちは。杉浦さんのお宅に連れて行っていただいた探偵です」
《ああ、あんたか。誰かと思うたわい。どがぁした？　電話なんかかけてきて》
「お尋ねしたいことがあったもんですから、漁協に問い合せてそちらの電話番号を教えてもらいました」
《ふ～ん。それで、訊きたいことって何だ？》
「杉浦さんが遭難した時の状況を教えていただけませんか」
《それならうちにきんさい。話が長ぅなるけん》
「お邪魔してもよろしいんですか？」
《構わん構わん》
「今、浜田市にいるもんですから、一時間ほどしたらお邪魔します」
《杉浦の家の前まできたら電話しんさい。迎えに行ったるけん》

杉浦の家の前で待っていると、サンダル履きの老漁師がタバコを吸いながらやってきた。

「今日は二人か？」

「はい。助手なんです」

「高坂と申します」

「ついてきんさい」

老漁師が踵を返した。

二人は小綺麗な座敷にとおされ、老漁師の話に耳を傾けた。

「あれは七年前の年の瀬だったのぅ。久しぶりに大漁が続いて港も活気があった。あの日は午後から天候が荒れる予報だったが、正月前のかき入れ時でもあって、朝の内だけでも漁に出ようかっちゅう話になった。そんで仁摩漁協所属の一本釣り全船がヨコワ漁に出た」

「ヨコワ？」と高坂が訊く。

「クロマグロの幼魚でメジマグロともいう。毎年十一月頃になると回遊してくる。最近は資源保護とかで漁獲規制がかかっとるがな。それで沖の漁場に着いたらもう凄い魚群でな。二時間ほどの操業で二〇〇キロあまり釣り上げたか。数にして六、七十本おったと思う」

「凄いですね」と高坂が言う。

「だがな、そんな時に限って天候が邪魔をしくさる。結局、予報よりも早ぅ天候が崩れて、宝の山を捨てて帰港することになった。そん時、わしは港から二〇マイルほどの所におったんだけど、杉浦はもっと沖におってなぁ。あんまり魚が釣れるもんだけん、気がつかんうちに遠くまできてしもぅたと無線で話しとった。まあそんなわけで、全船が港を目指したんだが、港まであと数マイルというところで風を喰らってな。冬の海はあっという間に時化るけん――。文字どおりの突風で、当たり一面が一瞬で真っ白になった。強風にあおられた波飛沫がブリッジを洗うし、回転窓を稼働させとっても一瞬視界が利かんようになるほどだった。波も高ぅなっておまけに横波、何度船がひっくり返るかと思ぅたよ」

「ということは、杉浦さんはもっと沖で風を？」と槙野が訊く。

「うん。無線で『港まで十三マイルのところで風に捕まった』と言うとった。それでも、何とか帰れそうだけん心配いらんと。それでわしらは港に戻ったんだが、杉浦が中々戻ってこんもんだけん、仲間の漁師が無線を入れたんよ」

老漁師の表情が曇った。

「連絡が取れなかったんですね」

「ああ、何度呼んでも返事がなかった。港中が大騒ぎになって、荷揚げの手伝いにきとった杉浦の妹も泣き出して半狂乱に……。あの時の姿は、今でも忘れられんなぁ」

「奥さんはきていなかったんですか？」

槙野が訊く。

「きとらんかった。もう別れとったけん」

「その後は？」

「海上保安部に連絡した。だが、大時化で捜索は難航して、三日後にひっくり返った船だけが見つかった。杉浦の遺体は見つからず終い」

「さっき、久しぶりに大漁が続いて港も活気があったと仰いましたね」

「うん、本当に久しぶりだったなぁ。あれまでは二年ほど漁が全くなくて、廃業する一本釣り漁師も何人かおった。だけん、杉浦も生活が大変だったと思う。船のローンも抱えとったしのぅ。勿論、わしもな。あの頃は、時化の時に近所のスーパーで荷出しのアルバイトなんかもしたけん」

「船って高いって聞きましたが」

「新造船なら家一軒建つんと違うかな。噂だと、杉浦の船は三千五百万ぐらいかかったらしい」

「そんなにするんですか！」

高坂が驚いた声で言う。

「うん。船体以外の装備品も高いけん。わしのボロ船でも、魚探、ＧＰＳ、レーダー、自動操舵、無線、ソナー、潮流計等々。装備品だけで七百万は超えるかな」

恐れ入った。漁師は少々の時化なら漁に出ると聞いたことがあるが、高額な船の支払いがあるから無理をしてでも沖に出るのだろう。

「だけん杉浦は、少々海が荒れても漁に出よったし、誰よりも遅ぅまで操業しとった。『そのうちおぞい目に遭うんと違うか？』と言う者もおったが、まさかそれが現実になってしもぅたとはのぅ」

「おぞいって？」と高坂が訊く。

「おそろしいっちゅう意味。こっちの方言だ」

聞けば聞くほど杉浦の偽装遭難が疑われる。不漁が続いて船の支払いに困窮したからではないだろうか。だから偽装遭難して保険金を騙し取った。

「杉浦さんの写真はお持ちですか？」

「あるよ。ちょっと待っとって」

すぐに写真が槙野に渡された。純白の船の船首辺りに『弁天丸』と船名が書かれ、それをバックにした、日焼けした角刈りの男が写っている。その隣にいるのがこの老漁師だ。

勘違いか――。マルAとは別人の顔だった。

待て待て、整形して顔を変えた可能性もある。

「杉浦さんの身長は？」

「大きな男だったぞ。一八〇センチ以上あったと思うがな」

マルAの身長とは合致する。「体格は？」と重ねて訊いた。

「痩せ型だった」

「大変参考になりました」

東條に報告しなければならないが、いずれは『刑事が杉浦誠一のことを調べている』と噂になるのは確実だから、杉浦を港に連れ帰ったのが誰であれ、きっと何がしかのアクションを起こすような気がする。いや、すでに行動を起こしたか？　杉浦の元妻と長女が、何故かこのタイミングで焼死したのだ。

2

訊き込みを終えてホテルに戻った東條有紀と元木は、一階フロアーにあるレストランに足を向けた。これから遅い夕食を摂る。

今日も収穫はなかった。蛭田は相変わらず隠密行動で、電話の一本も寄越さない。

レストランに入るとガラガラで、三浦だけが窓側の四人がけテーブルに陣取っていた。どう見てもその筋の人間にしか見えず。ウエイトレスもどこか緊張しているようだった。

離れて座ると避けているように思われるだろうから、隣のテーブルを選んだ。

「こんばんは」と三浦に声をかける。

「そっちも晩飯か？」

「はい」

三浦がスパゲティーを吸い込み、ウエイトレスがオーダーを取りにきた。

適当に料理を頼むと、三浦がフォークを持ったまま首を捻った。

「どう考えても解《げ》せねぇ」

「何がです？」

「槙野がこっちにきてることだ」

「え！　そうなんですか？」

わざとらしく、知らなかったふりをする。

元木はというと、同じように「ホントですか？」と口裏を合わせてくれた。

三浦が有紀を睨みつける。

「あいつがマルAのネタ元で、お前にそのネタを持ち込んだことは八係の係長から聞かされたが、どうしてあの野郎までマルAと桑田のことを調べてんだ？　しかも弁護士まで一緒ときてやがる。東條、本当は何か知ってんじゃねぇのか？」

顔の前で激しく手を振った。

「知りませんよ。今初めて聞いて、私も驚いているんですから」

惚けてみせると、三浦がまた首を捻った。

「桑田のことを誰から聞いたのかな？」

携帯が鳴った。槙野からだが、三浦の前で話すのはさすがに拙い。席を立って一旦レストランを出た。
「東條です」
《おもしれぇことが分かったぞ。前に話しただろ、桑田の同級生で海で死んだ漁師のこと」
「ええ。大時化に遭ったとかで」
《まだ分からねぇぞ》
「どういうことです?」
《そいつの名前は杉浦。七年前の十二月に操業中に遭難したんだが、遺体は上がってねぇ》
「遺体が見つかっていない!?」
《そうだ。船の借金抱えていたそうで、俺はそいつがマルAだと睨んでる》
驚きで声が出なかった。
呆れた男だ。そこまで調べたとは――。
「保険金目当ての偽装遭難?」
《と思う。だけど、マルAと顔が違うんだ。整形したのかもしれねぇ》
「その可能性はありますね。家族は?」
《別れた女房と、その女房との間にできた子供が二人。それに妹が一人いる》
「杉浦は離婚したんですね」
「ああ。その別れた女房なんだが、名前は松下千恵。二日前に、自宅で焼け死んだ。彼女

の長女もな。生き残ったのは下の子だけだ。現場は仁摩町》
あの時の火事か――。小型消防車が追い抜いて行った時の光景が脳裏に蘇る。
《出火の原因はタバコの火の不始末ということなんだが、偶然起きた事故なのか、あるいは誰かの関与があったのか？　後者なら、警察の動きを知って尻に火が点いた誰かが、慌てて行動を起こした可能性もある》
「杉浦の両親は？」
《実の父親と継母は死んでるが、実の母親は今どうしているか分からねぇ。それに、杉浦と妹は血の繋がりが無いらしい。お互いに連れ子同士だって聞いた。なぁ、松下千恵と杉浦の妹なんだが、偽装遭難のことを知らなかったとは思えねぇんだよ。杉浦が女房と離婚したのも偽装じゃねぇかな？》
「借金の請求が妻に行かないようにですか、有り得ますね。でも、その妻と長女までが焼死したなんて――」
まずは杉浦とマルAが同一人物かどうかを確認する。杉浦の下の子が生き残っているというから、その子のDNAを採って鑑定に回すか。
いや、もっといい方法があった。杉浦の父親の遺骨だ。その遺骨のDNAとマルAのDNAを照合して親子関係を証明すればいい。墓を探そう。
《それと、海上保安部で杉浦のデータも手に入れた》

「海保で？　すんなりと教えてくれたんですか？」
《秘密兵器を使ったのさ》
　例の弁護士か。
《言うからメモしてくれ》
「待って下さい」手帳を出した。「お願いします」
《フルネームは杉浦誠一。杉の木の杉に浦和の浦、誠に漢数字の一。生年月日は一九七九年九月八日、遭難日は二〇一〇年十二月二十三日》
　その後、杉浦が遭難した時の状況を訊いた。
《捜索時の調書もあるが、結構分厚いから直に見てくれ》
「今、どちらに？」
《ホテルだ》
　腕時計を見ると午後八時過ぎ。
「江津市でしたよね。これから伺っても？」
《いいぞ》
　さっさと食事を済ませて出発だ。ホテルの住所を訊いて携帯を切り、レストランに戻った。三浦の姿がないから食事を終えて出て行ったようだ。
「元木。明日、この人物の父親の墓を探すわよ」

メモを渡した。

「杉浦誠一？」

「そう、きっと事態が動く。槙野さんの執念には恐れ入ったわ」

＊＊＊

十二月七日　木曜日　午前九時――

有紀と元木は大田市役所仁摩支所に足を運んだが、受付で警察手帳を提示しても驚かれることはなかった。警察が嗅ぎ回っていることが噂になっているのだろう。

杉浦の戸籍謄本照会を申し出たところ、五分と経たずにコピーが渡された。

結果、杉浦の両親の名前はすぐに判明した。杉浦本人は十一年前に離婚しており、子供二人の戸籍も杉浦の戸籍から完全に抜けている。母親の松下千恵の戸籍に入ったのだろう。長女の享年は十四歳。長男は現在十二歳。他の家族関係にも目をとおした。杉浦の父親は杉浦が十一歳の時に離婚し、その後、再婚。だが、杉浦が十六歳の時に継母が死に、十八歳の時に父親も死亡。更に読み進むうち、知らず眉根が寄った。杉浦に血の繋がらない妹がいることは槙野から聞かされたが、名前が問題だった。

幸子――。

森本の婚約者の名前も幸子だ。偶然か？

「元木。これ見て」

元木の眉根も寄っていく。

「先輩これって――。槙野さんは、杉浦には血の繋がらない妹がいると話していたんでしょう」

「ええ。父親の再婚相手の連れ子だったそうよ」

「ってことは、妹は元々、別姓だったってことになりますよね。まさか、大畑幸子と同一人物じゃ？」

「かもね」

すぐさま大畑幸子の戸籍謄本を出してもらうと、有紀の勘が当たっていた。旧姓は杉浦で、その前は大畑だった。七歳の時に母親共々杉浦姓になっているが、どうして大畑姓に戻したのか？　大畑姓に戻したのは十九歳の時――。いずれにしても、彼女が杉浦の妹だったことは偶然と思えない。

「杉浦とマルAが同一人物かどうか確かめなきゃ。杉浦の父親の墓を探すわよ」

だが、墓を探すにしても二人では手に余る。三浦班と蛭田班にも手伝わせることにした。無論、ここまできたら隠し事はなしだ。蛭田にも情報提供する。

杉浦家の墓は昼過ぎに見つかった。三浦の部下が突き止めたのだ。国道九号線の南側に公立高校があり、その裏手の墓地にひっそりと佇んでいるという。

駆けつけてみると、すでに墓地を管理している寺の住職もきていた。

住職の読経が聞こえる中、元木が古びた墓石の一部を動かした。

納骨スペースには数個の骨壷が収められており、どれが杉浦の父親の遺骨か分からない。

「仕方ねぇ。全部の骨壷から少しずつ骨を拾うか」

三浦の意見に全員が頷き、元木が納骨スペースに下りて採骨し始めた。

「東條、杉浦の戸籍謄本のコピーを見せろ」

蛭田が言い、有紀はショルダーバッグからそれを出して渡した。

広げた紙面に視線を落とした蛭田が唇を舐める。

「杉浦の保険金の受取人は誰だ？　この別れた女房か？　大畑幸子か？　それとも子供達か？」

「離婚した妻が受取人だと保険会社が怪しみませんか？」

蛭田の部下が言う。

「そうだよな。となると、大畑幸子か子供二人だな。大畑幸子は杉浦の戸籍から外れているが、兄妹として育ってきた間柄なら受取人になっても不思議じゃないしな。保険会社に問い合わせてみよう」蛭田が顎を摩った。「大畑幸子が保険金詐取に一枚嚙んでいるとすると、森本が殺された一件にも関わっていると考えるべきか――」

「あっ」と蛭田の部下が言う。

「どうした？」

「松江グランドホテル裏の駐車場に止めてあったハコバンですよ。マツダオートの車で、代車として貸出したと」

「それがどうした？」

「あの時、マツダオートの職員に、『代車を貸したのは大畑さんという女性ではありませんか？』と尋ねたら、『いいえ。僕の高校の同級生です』と答えました。その時は名前まで訊かなかったんですけど――」蛭田の部下が有紀を見る。「大畑幸子が杉浦姓を捨てたのはいつだ？」

「十九歳です」

「それなら、彼女が高校生の時は杉浦姓だったってことだ。班長、マツダオートの職員が、杉浦幸子が大畑姓に戻したことを知らなかったとすると」

「有り得るぞ。同級生なら身元は確かだから、代車を貸す時に身分証の提出を求めなかったのかもな。おい、マツダオートに行って確かめてこい。それと、その代車のルミノール検査だ。大畑幸子が代車で着替えたのなら事態は大きく変わってくる」

森本の血痕が検出されるかもしれないと言いたいのだろう。

蛭田の部下が頷き、駆け出した。

「松下千恵のことも問題だぞ」と三浦が言う。「彼女は杉浦の元女房で、警察がマルAのことを調べ始めた矢先に長女共々焼死した。どうしてだ？」

「彼女も偽装遭難に噛んでいて、誰かが口を封じるために殺したのかもしれませんよ」

三浦の部下が言う。

「それなら大畑幸子も危ないな。彼女だって偽装遭難に噛んでいる可能性は大だ。お前は彼女に張りつけ」

「はい」

「ですが」と元木が言った。「松下千恵母子を殺したのが誰であれ、どうして松江グランドホテルでは大畑幸子を襲わなかったんでしょうか？」

「あの時は、まだマルAの捜査は始まっていなかった。だからじゃないか？」

「なるほど――。だけど、森本が殺された理由が全く見えてきませんよね。どうして狙われたのか？」

有紀は元木の耳元に口を寄せた。

「念の為、森本が殺された日の松下千恵のアリバイを調べて」

犯人が女である可能性は残っている。それなら、松下千恵の犯行だったということも有り得るのだ。

「とりあえず、捜査会議にかけるか」

三浦が言い、有紀も蛭田も同意した。

有紀は、例のバスルームについて尋ねてみることにした。杉浦のネタを提供してやった今なら、教えてくれるに違いない。

「ねぇ、蛭田さん。森本が殺された部屋のバスルームですけど、何か不審な点でも？」

「何のことだ？」

蛭田が明らかに目を逸らした。惚けている。

やっぱり食えない男だ。自分が摑んだネタを晒す気はないらしい。もう頭にきた。二度と情報提供するものか。


出雲空港で待つうち、蛭田の携帯が鳴った。

「おう、分かったか？　……代車を借りたのは大畑幸子だったんだな。よし！」

ガッツポーズをした蛭田だったが、すぐに眉根を寄せた。

「……何だと――。……代車からルミノール反応は出なかった？　じゃあ、代車で着替えなかったたってことか。……それなのに、どうして代車をホテル裏の駐車場に止めていたんだ？　……分かった、松江で待機していろ」

携帯を切った蛭田が舌を打ち鳴らした。

「どういうことですか?」

有紀が尋ねると、「知るか!」という荒い声が返ってきた。

「一体どうなってんだ?」

傍にいる三浦も首を捻る。

少なくとも、森本を殺したのは大畑幸子ではないということだ。では誰だ?


捜査本部に顔を出したのは午後五時過ぎだった。

詳細については長谷川に伝えてあるから、すでに管理官と係長の耳にも入っているだろう。一本釣り漁師の武上のことだが、さっき板垣から電話があり、武上の車に血痕はなく、家宅捜索でも何も出なかったそうである。しかし、まだ捜査線上からは外せないとのことだった。

ほどなくして捜査会議が始まり、有紀が代表して島根でのことを報告した。こちらで捜査している連中が驚きの声を上げる。

報告が終わると、「マルAが杉浦だとしても、誰が杉浦を沖から連れ帰った?」と管理官が言った。

蛭田が挙手して立ち上がる。

「杉浦の漁師仲間ではないでしょうか? 私は、その漁師が秋本という人物だと考えています。杉浦の偽装遭難に手を貸したからこそ、警察がマルAの捜査で仁摩町にきたことで慌て、仲間だった松下千恵を長女共々殺したのではないでしょうか？　当然、大畑幸子も狙われているでしょうから、部下を張り付かせています」

やはり本心を明さない男だ。墓地では一言も、秋本が漁師だとは言わなかった。

「秋本なる人物が漁師だとすると、森本殺しは五十嵐奈美恵じゃないってことになるよな」

「私はそう考えます」

「じゃあ、秋本なる人物が森本を殺した理由は？　大畑幸子のこともだ。どうして代車をホテル裏の駐車場に止めていた？」

「それはまだ何とも――」

蛭田が着席した。

「まあいい。マルAが杉浦である可能性に行き着いただけでも大収穫だ」

「管理官」と係長が言った。「杉浦が保険金詐取のために偽装遭難したとしても、どうして五十嵐さんの戸籍まで乗っ取ったんでしょう？」

長谷川が挙手した。

「管理官、意見具申《ぐしん》してもよろしいですか？」

「言ってみろ」

「戸籍を亡くした人間にしか分からない苦悩があったからではないでしょうか。戸籍がなければ公的免許が持てませんし、病気になれば無保険で診察を受けることになりますから高額な出費ともなります。それらの、社会生活を営む上で絶対に必要なものの大部分を持てないわけですから、生活は不自由を強いられてしまいます」

「だから戸籍を渇望《かつぼう》した――か」

「はい。保険金が手に入れば、金さえ手に入れば何とかなると考えたものの、戸籍を持てない生活は想像以上に過酷で、だからこそ戸籍を欲し、人を殺してでもと考えるようになったのでは？」

管理官が頷く。

「そしてパチンコ屋で同僚になった五十嵐さんの身の上を知り、戸籍乗っ取りを思いついたか――。遺骨とマルＡのＤＮＡ照合の結果はいつ出る？」

「二日後には――」

「よし。吉報を待とう」

捜査会議が終わり、有紀は第一取調室横の覗き部屋に足を運んだ。これから何度目かの、五十嵐奈美恵の取り調べがある。

そこへ、楢本もやってきた。

「悪い知らせだぞ」

「どうしたんです？」

「奈美恵の勾留延長申請が却下された。自白が取れないなら、証拠不十分でこれ以上の勾留は認めないと地裁が言ってきたそうだ。奈美恵が雇った弁護士はやり手のようだな」

「じゃあ、これが最後の取り調べになるかもしれませんね」

マジックミラーを見ると、奈美恵が入ってきた。続いて長谷川と内山も入ってくる。

《始めようか》

長谷川が言い、写真を奈美恵の眼前でぶら下げた。

「楢さん。あれは？」

「大畑幸子の写真だ。運転免許証のデータからプリントアウトした」

《知ってるか？》と長谷川が迫る。

奈美恵が写真を一瞥《いちべつ》する。

《こんな人、知りません》

《本当か？》

《いい加減にして下さい！》奈美恵がスチール机を叩く。《主人のことだって知らないと言ったでしょう！》

《それはどうかな？》

奈美恵が目頭を押さえ、涙声で《もう家に帰して下さい》と訴える。

「この調子だと、釈放ということになりそうだ」

楢本が自分の後頭部を軽く叩いた。

3

午後九時過ぎに東條から電話があった。

「どうだった?」

《いろいろと面白いことが分かりましたよ。槙野さんのお陰です。何とお礼を言っていいか》

「自分のためにしただけさ」

それから杉浦の父親の遺骨のことと、森本の婚約者が杉浦の妹だったことを教えられた。

「あの女が森本の婚約者!」

《驚いたでしょう?》

「ああ。眠気が吹っ飛んだ」

《それと、マルAが五十嵐さんを殺した理由も捜査会議で推理しました。戸籍を渇望したんじゃないかって》

東條の説明に聞き入ったが、甚《はなは》だ同感だ。確かに、戸籍なしで生きるのは至難の業である。

「杉浦を沖から連れ帰った人物のことは?」

《これは蛭田さんの推理なんですけど、森本殺しの容疑者で秋本という人物ではないかと》

秋本についても教えられた。

《ですが、マルAが桑田を殺した理由がどうしても分かりません》

ふと、二人が所属していた極星会に関する調書が脳裏を過《よぎ》った。

そういえば——。

杉浦のことを話してくれた老漁師の顔が浮かぶ。あの男はこう言っていた。『誠一は、少々海が荒れても漁に出よったし、誰よりも遅ぅまで操業しとった』と。

杉浦は命知らずだったと言ってもいいが、それは裏を返せば、沖で一人になれるということだ。つまり、何をしていても他人に見咎《みとが》められることがない。加えて、杉浦の船は三千五百万円ほどしたというから返済が大変だっただろう。桑田は、そんな杉浦に目をつけて近づいたのではないだろうか？

「なあ、極星会はシャブで摘発されたよな。十年ほど前だっけ？」

《はい》

「ってことは、シャブの入手ルートも絶たれたってことになる」

《そうですね》

「だが、暴力団がそう簡単に金づるを諦めるわけがねぇ。極星会は桑田に新たな入手ルートの構築を命じ、桑田は故郷の漁師達を使うことを思いついたんじゃねぇだろうか？」

覚醒剤を国内に持ち込む方法は数あるが、その内の一つが漁船を使うことで、漁師の関与も疑われている。今のＧＰＳは出始めの頃より格段に進歩して、誤差は数メートル以内と聞く。外国船から発信機付きの覚醒剤を投棄し、その座標を知らされた漁師が現場に向かい、あとは発信機の信号を受信すれば簡単に回収できる。

《まさか、杉浦を使って》

「そうだ。杉浦は船の借金抱えてたっていうし、この辺の海は不漁続きで廃業する漁師もいたと聞いた。でも、その覚醒剤が原因で何らかのトラブルが起きて、杉浦は借金のこともあって偽装遭難することを思いつき、桑田も殺すことにした」

《その可能性は大いにありますね》

「五十嵐奈美恵も何か知ってるんじゃねぇか？　あの女、どうしてる？」

《相変わらず否認してますよ。おまけに、彼女の勾留延長申請は却下されました。証拠不十分だと地裁が――》

「でも、監視は続けるんだろ？」

《勿論です》

「話を戻すが、一つ分からねぇことがあるんだ。桑田殺しが杉浦の仕業としても、どうして蜂の巣にまでした？　おまけに唾まで吐きかけてる。余程の恨みがなきゃそこまではしねぇだろ？　その恨みって何だ？」

4

十二月九日　土曜日――

目覚めると、友美はまだ寝息を立てていた。

ＤＮＡ鑑定の結果は今日出ることになっているから、結果が出る時間次第ではそのまま島根県に飛ぶ。問題は誰が森本を殺したかだが、それも近いうちに詳《つまび》らかになるだろう。

起き上がった有紀はパジャマの上にカーディガンを羽織った。

捜査本部に顔を出すと、どの捜査員の顔にも余裕が感じられた。誰もがＤＮＡ照合の結果に疑いを持たず、事件の幕がもうすぐ下ろされることを察しているようだった。

捜査会議は午前九時から始まったが、いつものような殺気だった空気は一切なく、話の核はＤＮＡ照合のことに終始。そして会議が進むうちに係長の携帯が鳴り、全員が係長に視線を向けた。

係長が携帯を耳に当てる。

ＤＮＡ照合の結果を知らせる電話ではないだろうか？　それならじきに、係長が弾んだ声で『よし！』と言うはずだ。

「出たか」と係長が言う。

やはり結果報告の電話だ。

だが、有紀の予想は大きく外れ、係長の顔が雲り始めた。挙句に頭を掻いて大きく肩を落とすと、管理官を見て首を左右に振る。

「ＤＮＡ鑑定は空振りでした。どの遺骨も、マルＡとの親子関係はありません」

「嘘だろ〜」

管理官が頭を抱え、捜査会議がどよめきに包まれた。

すると、蛭田が挙手した。

「管理官」

「何だ？」

「遺骨がすり替えられた可能性もあるんじゃないでしょうか」

そうだ、その可能性は大いにある。

「我々は、マルＡの写真を持って仁摩町内で訊き込みをしました。大畑幸子は勿論のこと、当然、その行動は松下千恵の耳にも杉浦を沖から連れ帰った人物の耳にも入っていたでしょう。そして誰かが機転を利かせたとしたら？」

「なるほど、有り得るな」

「松下千恵の長男が生き残っています――。その子のＤＮＡを調べてみるべきだと思いますが」

「すぐにかかれ」
捜査会議が終わると携帯が鳴った。槙野からだ。
《あれからどうなった？》
「最悪の結果に」
説明を終えると、《一筋縄じゃいかねぇな》と槙野が言った。
「杉浦の長男に賭けるしかありません」
《それなら、もうちょっとこっちにいることにするよ。もしその子とマルAに親子関係がないなら、調査をやり直さねぇといけねぇからな》
通話を終えて元木を呼び出し、捜査会議の内容を伝えた。
《ダメでしたか――》
「松下千恵のアリバイは？」
《完璧でした。森本が殺された時刻、図書館の同僚司書の家にいましたよ》
「そう――。よく聞いて、松下千恵の長男のＤＮＡが必要になったの。今どこにいるか調べて」

＊＊＊

十二月十一日　月曜日――

下校の音楽が流れて腕時計を見た。仁摩小学校前の道路にレンタカーを止めてから一時間近く経った。じきに杉浦の長男が現れるだろう。元木が調べたところ、松下千恵の死後、千恵の両親に引き取られたという。

元木と二人で車を降り、小雪の中を校門まで移動する。

それから五分も経っただろうか、坊主頭の男の子が、同級生と思しき男子生徒と二人で歩いてきた。

「先輩。あの坊主頭の子です」

有紀は頷き、杉浦の長男に歩み寄った。

「松下君ね」

「うん。おねえさん、誰？」

警察手帳を提示した。

「刑事なの」

長男が改めて、有紀の顔から爪先まで珍しい生き物を観察するような目で見た。

「知っとる。爺ちゃんが言うとった、刑事さんがいろいろ尋ね回りよるて」

長男の隣の男の子も、「うちの母ちゃんも言うとった」と同調する。

「でも、本物の刑事さんて初めて見た」

「俺も俺も」と隣の男の子も言う。

「調べていることがあって、君に尋ねたいことがあるの。教えてくれるかな?」勿論、餌は撒く。缶ジュースと缶コーヒーをコートのポケットから出し、「これを飲みながら話そうか」と誘った。だが、もう一人の子供に用はない。封を開けていないガムを握らせ、「寄り道せずに帰ってね」と言って追い払った。

「刑事さん、訊きたいことって?」

缶ジュースに口をつける長男の目の前に、マルAの写真をぶら下げた。

「この男の人を知らない?」

長男が即座に首を横に振る。実の父親と分からずにか、それとも母親から口止めされていたから言えないのか?　しかし、あどけない顔には挙動不審な様子は微塵もなかった。こんな子供が、刑事相手に立ち回れるはずもないから本当に知らないのだろう。

だが、今は写真のことなどどうでもいい。缶ジュースに口をつけさせたから目的は達成だ。あとは空き缶を回収して、飲み口に付着した長男の唾液を持ち帰れば仕事は終わる。

やがて長男がジュースを飲み干し、有紀は「缶は私が捨てておくから」と言って空き缶を回収した。

車に戻り、祈るような気持ちで缶をビニール袋に入れる。

どうかマルAの子であって――。

5

十二月十三日　水曜日――

聞き込みをしていると東條から電話があった。杉浦の長男のＤＮＡ照合の結果が出たのかもしれない。そうなら、吉報であることを願いたい――。

まず聞こえたのは溜息で、浮かない声の《こんばんは》が続く。

「どうした？」

《杉浦の長男、マルＡとの親子関係はありませんでした》

身体から力が抜けていく。ジグソーパズルの殆どが埋まった気分でいたが、調査は最初からやり直しだ。

「嘘だろ――」

《頭を抱えたい心境ですよ》

それはこっちも同じだった。組み立てていた推理も音を立てて崩れていく。同時に、調査は間もなく終わりを告げると高を括り、間抜けにも余裕をかましていた自分に腹が立ってくる。

「じゃあ、マルＡは何者だ？」

《もう一度、初めから捜査をやり直します》

「話は変わるが、あのバスルームのことは分かったのか？」

《いいえ。杉浦のネタを提供したから蛭田さんも教えてくれると思ったんですけど、私の考えが甘かったです。すっ惚《とぼ》けちゃって――。食い逃げされた気分ですよ》

「食えねえ野郎だな」

《槙野さんはこれからどうされるんです？》

「調査を続けるさ。じゃあ、また何か分かったら電話くれ」

携帯を切ると堂島の顔が浮かんだ。

いけねぇ。あいつのこと、すっかり忘れてた――。

電話しようとしたが、ふと、松下千恵の顔を思い出した。彼女と杉浦は離婚しているのだ。そして、杉浦の長男とマルＡには親子関係がなかった。

離婚の原因は何だ？

まさか――。

松下千恵が貞淑《ていしゆく》な妻だったと言い切れるか？　もし、松下千恵が不倫していたとすると、子供も不倫の末にできた子という可能性がある。そうなら、マルＡと親子関係があるわけがない。杉浦が離婚したのも、それが原因だったのかもしれない。しかし、子供二人が揃って不倫の子だろうか？　焼死したのは長女だけなのだ。ということは、長女のＤＮＡが問題だったということか？　だから長女だけが殺された。そして犯人は、マルAと杉浦が同一人物ではないと警察に思い込ませるため、杉浦との親子関係がない長男を生かした。家を焼けば、母親が保存しているだろう長女の臍《へそ》の緒も、各部屋に落ちている長女の体毛も完全に消失して、以後のＤＮＡ鑑定は不可能になる。そして千恵まで殺したのは、彼女の口から長男の出生の秘密が語られたら困るから。犯人は、そこまで計算して松下千恵と長女を自宅もろとも焼き殺したのではないのか？

急いで東條を呼び出した。

《どうされました？》

「杉浦の別れた女房が不倫してたってことはねぇか？」

《え？》

「つまり、彼女の生き残った息子は不倫相手の子供かもしれねぇってことだよ」

その後、組み立てた推理を話して聞かせた。

東條が沈黙しているのは推理を巡らせているからだろう。

《あなたの説が正しいとすると、犯人は、松下千恵が不倫をしていた事実と、長男が杉浦の子ではない事実を知っていたことになりますね》

「そうだ。そのことを知り得る人物が犯人かもな」

《松下千恵の不倫相手？》

「あるいは杉浦の妹か――。妹なら、兄から兄嫁の不倫のことを聞かされていても不思議じゃねぇ」

《実を言うと、先ほど杉浦の保険金の受取人が分かったんです。大畑幸子一人だけ。松下千恵の子供達が杉浦の子なら、二人も保険金の受取人になっていて然るべきでしょう》

「確かに――」

《貴重なご意見でした。これで希望が見えてきましたよ》

午後八時――

ホテルに戻った槙野は狭いバスタブに身を沈めた。

そのうち身体も温もり、バスタブの栓を抜いてカランのレバーをシャワー側に倒した。シャワーヘッドをプラスチック壁に設置されたシャワーホルダーに収め、頭、身体と順に洗っていく。そして泡を洗い流してバスタブを出ようとした刹那、ふとカランを見て固まった。疑問が湧き上がってきたのだ。同時に、東條から送られてきたバスルームの写真が像を結ぶ。

あの写真のカランのレバー――。

裸のまま外に出て、携帯のディスプレイにバスルームの写真を呼び出した。

やっぱりそうだ。蛇口はバスタブ側にあって、カランのレバーはシャワー側ではなく給湯側に倒れている。

森本はコンサートを観に行っていたわけだから、冬でも会場は熱気があったはずで、汗だってかいただろう。それなら身体を洗わないで湯にだけ浸かるとは考え難い。

身体を洗ったのならシャワーで泡を洗い流したはずなのに、このバスルームのカランのレバーは、どうして給湯側に倒れているのか。身体を洗ってシャワーを浴びた者が、わざわざバスタブに湯を溜めるだろうか？　湯はすぐに溜まらないから湯冷めしてしまう。そんな理に合わないことを森本がしただろうか？　今の自分もそうだったが、ユニットバスを使う場合は先に湯を溜めて浸かり、その後に身体を洗ってシャワーで洗い流す。それなのに、このバスルームのカランのレバーは給湯側に倒れている

蛭田はそのことに気づいたんだ！

現場のホテルに行ってみるか。東條に報告だ。

彼女はすぐに出た。

「例のバスルームの件だ。分かったぞ」

《ホントですか！》

「ああ、マムシはカランのレバーの位置に違和感を持ったんだ。現場の写真を見てみろ」

＊＊＊

十二月十四日　木曜日――
松江グランドホテル一階ロビー

東條は午前十一時きっかりに現れた。昨夜、カランのレバーについての詳細を伝えると、『明日、現場に行く』と言うから、『こっちにも現場を見せてくれ』と頼んだのである。ダメだと言われても行く気だったし、東條も止めても無駄と察したようで、『見るだけなら』の条件つきで承諾を得た。

「お待たせしました」東條が言い、高坂に目を向けた。「こちらの方は？」

「例の秘密兵器だよ」

「高坂と申します」

「東條です」

「マムシは一緒じゃなかったのか？」

「当たり前です」

まあそうだろう。

高坂に会釈を返した東條が、「鍵を借りてきます」と言ってフロントに歩いて行く。

「槙野さん。あんなに綺麗な女性がどうして刑事やってるんですか？　まるでドラマみたいですよ」

「美人だけど危ないからな」

「え？」

「例の幽霊画事件、彼女が俺を救ってくれた」

「じゃあ、あの犯人をボコボコにしたっていう？」

「そういうこと。他にも凶悪犯を一人撃ち殺してる。だから怒らすなよ」

目を点にした高坂が、「気をつけます」と言った。

東條はすぐに戻ってきたが、思いがけないことを口にした。

「現場は五階なんですけど、二日前から閉鎖されているそうです。五階の排水管の複数ヶ所から汚水が漏れていて、四階の全フロアーも閉鎖したって」

排水管は天井を走っているから、四階フロアーに汚水が落ちているようだ。

「現場には入れねぇのか？」

「いいえ、関係者は別です」

「フロアーが二つも閉鎖だなんて、ホテルとしては大損害ですね」

高坂が言った。

五階でエレベーターを降りると目前に立て看板があった。『関係者以外立ち入り禁止』

「槙野さん。手袋持ってきてます？」と東條が訊く。

「心配いらねぇよ。俺も元刑事だ」

「愚問でした」

東條が五〇七号室の鍵を開け、三人は白い手袋を嵌めてから中に入った。

高坂が真っ先に、「酷いなぁ」と口にする。「すごい出血量ですよ」

「森本は腹部をメッタ刺しにされていましたからね」

東條が答え、明かりのスイッチを入れてバスルームを開いた。

写真のアングルのままだ。槙野はカランを指差して「変だろ？」と言った。

東條が頷く。

「どうしてレバーが給湯側になっているのかしら？」

「それも妙ですけど、この階の排水が漏れて四階フロアー全部も閉鎖。何か変ですよね」

高坂が言う。

「うん、そしてこのバスルームの違和感。風呂の水は排水管を伝って下水に行くわけだし」

「フロントで排水漏れした経緯を尋ねてみましょうか」

東條が言い、槙野は頷いた。

フロントに移動し、東條が黒服に「このホテル、今までに排水漏れを起こしたことは？」と尋ねた。

「今回が初めてです。でもまあ、このホテルも築四十年を超えていますから、今後は排水管に不具合が続々と出てくるかもしれませんね」

初めての排水管トラブル？　しかも五階の排水管だけ？　そのトラブルが森本刺殺事件の三週間後に起きた。やはり変だ。

「排水管の取り換え工事はいつまでかかります？」

「あと二、三日はかかるかと。ワンフロアー分の排水管を全部交換ですから」

「そんなに漏れた箇所が？」

「ええ、至る所で――。ですから、念のために全取り換えを。業者さんも突貫工事で頑張ってくれています」

一日も早く交換作業を終えないとホテルとしても収益に関わる。業者の尻を叩くのも当然か。

黒服を解放して四階に急ぐと、作業着姿の男が十人余りいて、何人かが排水管を設置しようとしている。廊下の一角には山型に積まれた古びた排水管もあった。

東條が、作業員の一人に警察手帳を提示した。

「お忙しいところ恐れ入ります」

「何？」

「古い排水管ってかなり傷んでました？」

「うん。最近の建物は塩ビ製の排水管を使うけど、この建物は鋼管を使ぅとるけん錆びとるのもあったし――。でも、錆びとらん箇所から漏れとってね。原因が全く分からんのだけど」

「水漏れした排水管、見せていただけませんか」

「そこにあるやつ全部だよ」

男が山積みされた排水管を指差す。かなりの量だ。一度にこれだけの排水管がトラブルを起こすとは――。

「これ全部、いただいても？」

男が眉を持ち上げる。変わった刑事だと思ったのだろう。

「ええけど――」

「ではいただきます」

東條が携帯を出した。

何かのせいで排水管にトラブルが起きたのなら、その何かの痕跡がこの古い排水管に残っているかもしれないと考えたのだろう。それなら科捜研の出番だ。

「科捜研ですか？」

やっぱりそうだった。

「……捜一の東條です。誰か一人、すぐに島根県まで寄こしてくれませんか？　……そうです。場所は松江市内のホテルなんですけど、排水管を調べてもらいたくて。……よろしくお願いします」通話を終えた東條が槙野を見た。「一人派遣してくれるそうです」


午後四時前――

ホテルのティールームで時間を潰していると、正面にいる東條の携帯が鳴った。派遣された科捜研の職員かもしれない。

「はい、東條です」

微かに相手の声が聞こえてくる。

《いきなり『松江に行け』って言われて驚いたけど、まさかそっちの依頼だとは思わなかったよ》

「丸山？」

どうやら知り合いの職員らしい。

《こんな美声の持ち主、俺しかいないだろ。出雲空港に着いたから迎えにきてくれ》

「冗談じゃない。タクシー使って――」

《冷たいなぁ》

「今に始まったことじゃないわ。住所を言うから覚えてよ」

東條がホテル名も伝えて通話を切った。

「随分親しそうだな」

「ただの腐れ縁です」

四十分ほどで爽《さわ》やかさを絵に描いたような若い男が現れ、槙野と高坂を見て「この人達、誰？」と東條に言った。

「捜査協力者よ」東條が槙野に目を振り向ける。「科捜研の丸山君です」

「ども」と丸山が言い、槙野は咄嗟に「山田です」と名乗った。また三浦に『現場でうろちょろするな』と言われたくないし、東條がこっちと一緒にいたことがバレたら、『よりによって槙野に現場を見せたのか！』と上から雷を落とされるかもしれない。

高坂は本名を伝えた。

東條も察したようで、「じゃあ山田さん、行きましょうか」と言ってくれた。

四人して四階に向かうと、「松江には七珍《しっちん》料理ってのがあるそうだけど、後で食いに行こう」と丸山が言った。

「遊びにきてるんじゃないのよ。行きたきゃお一人でどうぞ」

「つまんねぇな――」

丸山が後頭部で手を組む。

「それより仕事して」四階に到着し、東條が排水管の山を指差した。「これよ」

「こんなにあるのかよぉ」

「文句言わないの」

丸山が排水管のチェックを始め、槙野は東條の耳に口を寄せた。

「軽そうな男だな」

「そうなんですよぉ」東條が口を尖らせる。「でも、頭は切れますからご心配なく」

「そっちに気があるみてぇだけど」

「三度ふりました」

「あっそ——」

雑談するうち、丸山の顔つきが険しくなっていった。

「何か分かったの？」と東條が尋ねる。

「見てくれ」

丸山が排水管の一部を指で押すと、その部分が脆《もろ》くも崩れて指が埋没した。

「排水管が劣化するとそこまで脆くなるの？」

「排水管の厚さにもよるけど、これはちょっと異常だな。劣化したって鋼材は鋼材だ。指が突き抜けるはずがない」

「じゃあ、どうしてこの鋼材は？」

「脆化《ぜいか》したとしか思えない」

「ゼイカ？」と槙野が訊く。

「金属やプラスチックなどが、展延性《てんえんせい》や靭性《じんせい》を失って脆く壊れ易くなることですよ」

「脆化した理由は？」

「それはここでは分かりません」丸山が東條を見る。「ところで、このホテルの排水管は全部こんな感じか？」

「いいえ。五階の配水管だけらしい」

「変だなぁ。排水管なんてものは建築時に一斉施工されるもんだから、ここの排水管だけが脆化するのは不自然だ」

「外的な要因があるってことね」

「ああ。とりあえず、排水管の一部を持ち帰って調べてみる」

「どれくらいかかる？」

「明日の朝一番で東京に帰るから、早くて明日の夕方だな」

東條が、丸山の眼前に腕時計を突きつけた。

「今、何時か言ってみて」

「そんなにくっつけんなよ。見えないじゃないか」丸山が腕時計から目を離す。「五時前だけど」

「そう。つまり、これから出雲空港に急げば、今日中に東京に帰れるってこと」

「え？　今すぐ帰れってのか？」

「当たり前でしょ。こっちは急いでんのよ」

「飯ぐらい食わせてくれよぉ。七珍料理食いたいし――」

「ダメ！　早く行って」

槙野も顎でエレベーターを差す。

「丸山君。早く行って」

＊＊＊

十二月十五日　金曜日――

槙野はホテル一階のティールームで朝食を食べていた。ハムサンドを口に放り込んで咀《そ》嚼《しゃく》し、コーヒーカップに手を伸ばそうとしたところで携帯が鳴った。東條からだ。

「分かったか？」

《はい。今しがた、丸山から電話がありました。徹夜したそうですよ》

「飯でも奢《おご》ってやらねぇとな。で、答えは？」

《あの現象はガリウムによる脆化作用だそうです》

「ガリウム？」
《原子番号三十一の元素で、元素記号はＧａ。ホウ素、アルミニウムなどと同じ第十三族元素に属します》
「金属ってことか？」
《そうです。モース硬度は一・五、ダイヤモンドが一〇ですから、かなり柔らかいですね。毒性はナシ。色は青みがかっていて、融点は二九・八℃と低いですけど、沸点は二四〇三℃と非常に高いです。酸やアルカリに溶ける両性で、価電子は三個。水と同じように、液体の方が固体よりも体積が小さい異常液体でもあります》
「早い話が、変わった金属ってことだな。融点が二九・八℃だっていうし」
《変わってるどころじゃありませんよ。何から何まで奇妙な金属です》
「だけど、融点が二九・八℃だと、持っただけで溶けちまわねぇか？　人間の体温は三六℃以上あるんだし」
《はい、溶けるそうです。ガリウムにはもう一つ特性があって、他の金属の大部分を侵食します。例えばアルミニウム、亜鉛合金、鋼鉄なんかで、それぞれの粒界を侵食することで脆化させるんです》
「もっと嚙み砕いて言ってくれ。粒界って何だ？」
《粒界というのは、多結晶体において、二つ以上の小さな結晶の間に存在する界面のことです。だからあの排水管は、ガリウムの影響であんなに脆くなったんでしょう。身近なところで言うと、スプーン曲げに使われるスプーンもガリウムが関係してるそうです。ほら、触ってもいないのにスプーンの首が折れるって映像、見たことないですか?》

「ある」

《どう考えても、あの現象はガリウムによるものとしか思えないと丸山が》

「手品にも使われるなら、入手は簡単ってことだな」

《はい、通販で買えます》

簡単に買えるといっても、そんな金属がどうして排水管に付着していたのか——。

《それと、ガリウムはアルミニウムや亜鉛を精錬する際の副産物として得られます。そして仁摩町にはアルミ製造工場があって、大畑幸子の幼馴染が働いています。名前は橋田富雄》

「ガリウムがアルミニウム精錬時にできる副産物なら、アルミ製造工場で働く人間ならガリウムの特性を知っていても不思議じゃねぇ。その橋田っていう男が、森本が殺されたホテルの防犯カメラに映っていた黒ずくめの人物かもしれねぇな。だけど、そうだとしても、何のためにガリウムを排水管に流した?」

《槙野さん。私が話したことを思い出して下さい。ガリウムの融点は何℃でした?》

「二九・八℃だったよな」

《そう。ここまで言えばピンときませんか?》

「え？」そうか！　ガリウムの特性を利用すれば可能だ。だからバスルームのカランのレバーが給湯側に倒れていたのだ。「ガリウムの特性を利用すれば杉浦の妹が森本を殺すことは可能ってことか。ガリウムが二九・八℃で溶けるなら加工もし易いし、それで凶器を作って湯で溶かせばいい。つまり、ガリウムを包丁の形に整形したんだ。だからバスルームの蛇口がバスタブ側にあって、カランのレバーも給湯側に倒れていた。杉浦の妹は、犯行に使ったガリウムを溶かすためにバスタブに湯を溜めた。だが、カランのレバーをシャワー側に戻すことまでは考えなかった」

《そうです、森本を殺したのは彼女以外にはいません。大畑幸子が捜査線上から外れた大きな要因は、凶器を持っていなかったことと、凶器を隠す時間も場所もなかったこと。ですが、ガリウムと湯を使えば凶器はいとも簡単に消し去れます。森本の身体に残されていた傷が腹部だけだった理由も、ガリウムが使われたからです。モース硬度が一・五の金属では、腹部の硬い骨には歯が立ちませんからね。しかし、排水に溶けたガリウムだけが比重の関係で排水管に付着し、それぞれが微量だったこともあって鋼材を脆化させるのに時間がかかってしまったんでしょう。だから森本が殺されてから三週間近く経って排水が漏れ始めた》

「じゃあ、秋本っていう人物は？」

《大畑幸子が作り上げた架空の人物でしょう。我々は、黒づくめの人物がどうして森本の宿泊先を知り、どうして森本が黒づくめの人物をすんなりと部屋に入れたのかを疑問視しました。それは大畑幸子にとってもクリアしなければならない問題で、だからこそ秋本という架空の人物を作り上げ、森本の携帯に秋本からの着信履歴を残し、森本を殺す直前、森本の携帯で秋本名義の携帯にも電話したんです。そうすることによって、森本自身が秋本を部屋に呼んだと警察が結論すると予想した。大畑幸子にとっては至極簡単な作業です。だって、森本の婚約者に収まっているんですから、森本の携帯はいつでも触ることができます》

「早々に捜査線上から消えた杉浦の妹は、警察が右往左往する様を高みの見物してたってわけか」

《見事に捜査を攪乱してくれましたよ》

「だが、杉浦を沖から連れ帰ったのは秋本だとマムシは推理したんだろ？　秋本が架空の人物だとすると、杉浦を沖から連れ帰ったのは誰だ？」

《いないと思います。杉浦の船は三千五百万円もしたといいますから、自動操舵システムも完備していたはずです。それなら、自動操舵システムに適当な緯度経度を入力しておけば、杉浦がいなくても船は勝手にそこに行きます。多分、杉浦は港を出た直後に海に飛び込み、人気のない岩場か海岸まで泳いだんじゃないかと》

「なるほどな――。松下母子のことは？」

《それも大畑幸子が関与していると思います。私はこれから仁摩町に行き、アルミニウム工場に勤めている橋田から話を訊きますから》

東條が通話を切り、槙野はネットに繫いでＹｏｕＴｕｂｅを呼び出した。『ガリウム』と打ち込んでみる。するとそれ関連の画像が出てくる出てくる。ガリウムを塗ったアルミ板が、まるで紙切れの如く手で引き裂かれる映像や、ガリウムを垂らしたアルミ缶が瞬く間に溶けていく映像等々。

これでクライマックスか。大畑幸子と橋田が素直に自供すれば、マルＡが杉浦であることも、杉浦が殺された理由も、五十嵐奈美恵のことも全てが詳《つまび》らかになるだろう。

鏡に電話した。

《どこにいるんだ？》

「松江です。これから東京に帰りますから」

《片付いたのか！》

「大方」

《ホントかよ。お前、神がかってるな》

「捜一の東條のお陰です。彼女もこっちにきていましてね」

《ほう〜。つくづく彼女と縁があるな》

「俺もそう思います。詳しい話は事務所に戻ってしまいますから」

通話を終え、今度は麻子に電話した。
《は〜い》
「帰るぞ」
《終わったの？》
「俺の役目はな。心配かけてすまなかった」
《いいわよ、そんなこと》
「ニコルは？」
《私の横で尻尾振ってる。これからドッグランに行くから》
「そうか、俺の代わりに頭を撫でといてくれ。夕方には帰る」
いけない。また堂島のことを忘れていた！
まあいいか、じきに真相は明らかになる——。

6

運悪く大田市駅で三十分の各駅電車待ちとなり、東條有紀はタクシーを利用することにした。元木とは現地で待ち合わせだ。
駅舎を出ると客待ちをしているタクシーがいた。それに乗り込んで「仁摩町のアルミ工場まで」と告げる。

「西日本アルミですね」

求人ポスターを思い出してみた。確かそんな社名だったような――。

「運転手さん。西日本アルミってどんな会社ですか？」

「広島に本社がある大手自動車会社の下請けですよ。主にアルミ製の自動車部品を作っていると聞きますけど――。従業員は二百人ほどおるらしいですよ」

話をするうちに目的地に到着し、タクシーを降りた有紀は元木と合流した。近くをとおりがかった工員を捕まえて事務所の所在を尋ねる。

事務所は古いコンクリート建屋の一階にあり、十数人の男女がデスクワークをしていた。一番近くにいる若い男性に警察手帳を提示して橋田を呼んでくれるよう依頼する。

橋田はすぐにやってきて、「ああ、刑事さん」と言った。

さあ、ガリウムのことを突きつけたらどんな反応をするか？

「橋田さん。ガリウムという金属はご存知ですよね」

「知ってますよ」

あっさり認めた。

「ガリウムの特性について、大畑幸子さんに教えたことは？」

「あります。飲み会の時に手品の話になって、ガリウムが使われているマジックがあること、ガリウムの特性について話しました。みんな感心しとったけど、アルミ工場に勤める者なら誰でも知っとりますけん」

「彼女にガリウムを渡したことは？」

「ありませんよ。頼まれたこともないし」

刑事から殺しに使った凶器のことを突きつけられて、こうも平然と答える犯人はいない。橋田はシロだ。当然、森本が殺された時に橋田と一緒にいた山根律子もシロ。疑って申しわけなかった。

「お手数をおかけしました。ご協力感謝します」

それから仁万駅に移動したが、待合室には誰一人としておらず、窓口の奥の駅員はというと、退屈そうな顔に欠伸を浮かべていた。

そういえば、森本は子供の頃から大畑幸子に片思いをしていたという。ひょっとして、ストーカー行為を？　その結果、大畑幸子が杉浦と会っている現場を目撃したのではないだろうか？　だから命を狙われた。しかし、そうだとしても、大畑幸子はどうして森本と婚約までした？

そうか！　森本に弱みを握られていたからだ。そうやって考えていくと、森本の婚約者になることは、森本を殺す上で至極都合が良い。森本の日常を事細かく知ることができるし、いつでも二人きりになれるから殺すタイミングも図れる。

飛行機の時間を調べたところ離陸時間まで余裕があり、空港に行く前に松江グランドホテル裏の駐車場を見ておくことにした。


警視庁に戻ったのは午後八時前だった。間もなく捜査会議が始まる。

やがて捜査会議が始まり、管理官が長谷川に目を向けた。

「報告しろ」

「東條に報告させます」

有紀は立ち上がった。

「森本が殺されたホテルの排水管からある金属が検出されました」

排水管とガリウムについて説明するなり、インパクトがあったとみえて捜査本部がざわついた。

蛭田が親の仇を見るような目で睨んでいる。とうとう、カランのレバーの真相には辿り着けなかったようだ。槙野に教えられたから、こっちも偉そうなことは言えないが――。

「誰かがガリウムを流したってことか」と係長が言う。

「はい。女です」

「その女って誰だ?」

「他でもない大畑幸子です。防犯カメラの映像、彼女が森本を発見してから島根県警の女性警官に身体検査されるまで一度も一人になっていなかったこと、加えて、現場の部屋の窓は嵌め殺し、その後の捜査でも部屋に凶器はナシ。それらのことから彼女はシロと断定されましたが、凶器を消し去ることができたとしたら？」

ピンときたようで、管理官の眉根が寄る。

「ガリウムが凶器だって言うのか？」

「そうです。包丁の形に成型して犯行に及び、犯行後は湯に溶かして排水管に流せば凶器は消し去れます。ガリウムで作った包丁を砥石《といし》で磨き、切れ味は悪いけれど何とか刃をつけた。だから殺傷能力は十分だったんじゃないでしょうか。何よりも季節は冬で気温は低く、包丁の形に加工したガリウムが溶ける心配はありません。更に、保冷材等と一緒に保持していれば、車や部屋の中の暖房にも対処できます」

「刺したはいいが、森本の体温で溶けないか？」

「包丁を刺しっぱなしにすればいずれ溶けるでしょうけど、刺すという行為は一瞬で目的を達成できます。ですから、その心配は無用かと。ガリウムの包丁を複数用意すれば、ひと刺し毎に新しい物に替えることもできますし――。それと、森本が殺害された部屋のバスルームですが、何故かカランのレバーが給湯側に倒れていました」

森本が発見された時のバスルームの状態についても話した。

「こうして推理していくと、バスルームの蛇口がバスタブ側にあったのも、カランのレバーが給湯側に倒れていたのも、ガリウムを溶かす湯を溜めるためだったからではないかと。しかし、湯に溶かして排水管に流しても、比重の関係で湯が先に流れますから、必然的にガリウムだけが排水管に残ったんでしょう」

有紀は、秋本が大畑幸子の作り出した架空の人物であることも話した。

「犯行の筋書きは？」

「まず、森本と共に松江グランドホテルの五〇七号室に入った大畑幸子は、生理用品を買いに行くと言って部屋を出ます。そして男に成りすました彼女は、五〇七号室に戻ってドアをノックし、中にいる森本に『開けて欲しい』と頼みます。森本は声で大畑幸子だと判断して、何の疑問も抱かずにドアを開け、幸子は部屋に入るやスタンガンで森本を昏倒させました。それから森本の自由と声を奪い、バスタブに湯を溜めて部屋を出ます」

「どうしてその時に殺さなかった？」

「返り血を恐れたからだと思います。彼女の用心深さがそうさせたのではないでしょうか？」

「用心深さ？」

「はい。『防犯カメラに映る黒ずくめの男を、女だと見抜く刑事がいるかもしれない』そう直感したものと――。事実、真っ先に蛭田さんがそれを疑いました。返り血を浴びた状況で森本のワンボックスカーで着替えると、血痕が車内に残る可能性があり、警察が自分に疑いを向けたらルミノール検査をするのではないかと危惧した。だからこそ、ガリウムを用いたトリックを使ったんでしょう」

「なるほど――」と係長が言う。

「出刃包丁を持った状態で部屋を出たのも、それが凶器だと印象づけるための工夫です。そして、ホテル裏の駐車場に止めていた代車内で着替え、ある方法を使ってコンビニまで行き、生理用品を買ってから駐車場に戻りました」

「ある方法って何だ?」

管理官が訊く。

「それについてまだ確証は得られていませんが、考えられることは二つ。一つはバイクを使った可能性。調べたところ、彼女はミニバイクを所持していました。ハコバンならミニバイク程度なら積めますし、板等をスロープにすれば女性でも積み込みは容易です。加えて、その駐車場には利用客用の小さな出入り口があって、ミニバイクならそこから出入りできますし、防犯カメラも設置されていません」

「もうひとつの可能性は?」

「誰かが彼女を車に乗せた可能性」

「五十嵐奈美恵か!」

「はい。彼女には事件当日のアリバイがありませんから」

管理官が顔をしかめる。

「続けろ」

「駐車場に戻った大畑幸子は時間調整して五〇七号室に戻り、バスルームに入って湯を止め、最後にガリウムで作った凶器で森本を殺害。その後、凶器をバスタブに入れて溶けるのを確認し、栓を抜く」

「そして第一発見者を装ってホテルのフロントに電話したって寸法か」

管理官の声に、有紀は頷いた。

「だが、大畑幸子が森本を殺した動機は何だ？　婚約までしたんだぞ」

「杉浦のことで森本から強請《ゆす》られていたとは考えられませんか？　森本はずっと大畑幸子に片思いしていたそうですから、杉浦のことをネタにして結婚を迫ったのでは？　だから最近になって、大畑幸子と森本は婚約した」

「有り得なくはないか――」

その後、杉浦と桑田の関係、杉浦が薬物犯罪に手を染めていた可能性等についても話した。

「杉浦は船の返済に困り、切羽詰って桑田の囁きに耳を貸したってことか」

係長が言う。

「はい」

「だが、どうして杉浦は桑田を殺した？　言ってみれば金づるだろう」

「桑田は複数の弾丸を撃ち込まれて蜂の巣にされています。その行動から、杉浦は桑田に対して深い憎しみを抱いたのではないかと推察されます」

「どんな恨みだ？」

「それはまだ分かりませんが、どんな罪を犯しても決して罰せられない方法があります。それは自分を死人にすること。警察の捜査の手は伸びてこないし、暴力団からの報復も恐れずに済みます。そこで偽装遭難を思いつき、船の返済と桑田殺害の一石二鳥を狙って自分を死人にしたんじゃないでしょうか。いずれにしても、全ての真相は大畑幸子の胸の中にあるかと」

　管理官が深く頷いた。

「ガリウムの出所を探り、誰が入手したか証拠を掴め。ひょっとしたら、五十嵐奈美恵が入手して大畑幸子に渡した可能性もある」

　何としてでも突き止める。

　捜査会議が終わるや、蛭田が血相を変えてやってきて「おい！」と声を荒らげた。

「何でしょうか？」

「あのホテルの排水管のことだ。どうして報告しなかった！」

　どの口で言う？

「あら、疾《と》うの昔にご存知かと思いましたけど」

蛭田が唇を嚙み、「クソッたれ！」と言い捨てた。

第六章

1

十二月二十三日　土曜日　午前——

東條有紀は、傘を差してＪＲ蒲田駅を出た。

ガリウムの販売元が都内に数ヶ所あり、誰がガリウムを入手したかを調べるべく東京に戻っているのだが、未だに答えは出ていない。ガリウムを入手したのが大畑幸子であれ五十嵐奈美恵であれ、恐らくは偽名で県外の郵便局に私書箱を作り、郵便局留めでガリウムを送らせたのではないだろうか。無論、金の振込も偽名でだ。これでは手も足も出ない。引っ張るにしても、決定的な物証がないから任意でしか無理だし、これだけ周到な手口を使う女、あるいは女達が、すんなりと容疑を認めるわけがない。何が何でも逃げ切ろうとするのは明白だ。そして否認された挙句に弁護士が出張ってきて、こっちは指を咥えて釈放という最悪のシナリオが待っている。

大畑幸子を仰天させる、起死回生の一発はないのか。グウの音も出ない決定的な物証はないのか？

携帯が鳴って現実に立ち返った。内山からだ。

《交代の時間に遅れんなよ》

「近くまできてるわよ。大人なしく待ってなさい」

五十嵐奈美恵の監視は今も続いており、有紀も監視作業を手伝うことになった。彼女と大畑幸子の接点は見えてこないものの、ボロを出す可能性もなくはない。

それからしばらく歩き、傘を畳んで助手席のドアを開けた。運転席の内山が、「奈美恵のこれまでの行動記録だ」と言ってメモを差し出してくる。

「今日は一度も外出していないのね」

「ああ。姿を見たのも一度だけで、門扉の郵便受けまで新聞を取りにきた時だけだ。昨日は徒歩で出かけ、新宿で洋服を買ったり食事をしたりしたが、誰とも接触しなかった」

すると、奈美恵が玄関から出てきて車に乗り込んだ。

「尾行しよう」と内山が言い、エンジンをかけた。

奈美恵は国道一号線を横浜方面に進み、ＪＲ鶴見駅の手前で左折した。それからしばらく走り、有料駐車場に車を入れた。

「彼女をつけてみる」

奈美恵が傘を差しながら車を降り、ドアをキーで直接施錠した。

「どうしてかな？」

「何がだ？」

「車のキーよ」

そう答えて車を降り、傘を差して奈美恵を追った。

彼女が向かったのは、歩いて三分ほどの距離にある三階建てのマンションだった。レンガ外壁で小綺麗だから、築年数はそれほど経っていないだろう。通路を挟んで各部屋が配置されているような造りとみえ、外から中の様子は窺い知れない。面が割れているのでさすがにマンションの中まで追いかけるわけにもいかず、現状を内山に報告して奈美恵が出てくるのを待った。

一時間余り経過し、ようやく奈美恵がマンションから出てきた。くる時には持っていなかった手提げ袋を持っている。彼女の後ろには長身の男がいて、奈美恵と言葉を交わしている。男の年齢は四十代から五十代といったところで、髪には白髪がちらほらある。奈美恵が男に向かって腰を折り、踵を返して歩き出した。

彼女がいなければマンションに入っても問題ない。急いで男の後を追った。

男は階段を登っており、有紀も階段に足をかけた。男は二階で通路に踏み出し、有紀は三階に登る素振りをして通路を横目で見た。男は奥に向かって歩いている。そして一番奥の右側の部屋のドアを開け、すぐに中へ入って行った。

その部屋の前まで足を運ぶと部屋番号は二〇七だった。表札も出ている。

外に出て内山を呼び出す。

《どうだった？》
「奈美恵と接触した男の名前を突き止めた」
《彼女は？》
「そっちに戻ると思う――」
答えるや、《あっ》と内山が言った。
《彼女だ。戻ってきたぞ》
「尾行して」
それから二十分ほどして内山が電話を寄こした。
《彼女、川崎の大手スーパーに入って行った》
「それよりさっきのことだけど、車に戻った彼女はどうやってドアの鍵を開けた？」
《キーで直接ドアを開けたけど》
「リモコン機能を使わなかったのね」
《ああ》
「やっぱり変だわ。傘と荷物を持っているから両手は塞がってるのに、どうしてスマートキーを使わないのかしら？」
鑑識があの車を調べた時、遠隔操作で施錠と解錠、エンジンの始動と停止もさせられることを教えてくれたのだ。

前回、尾行した時もそうだった。彼女はキーを使って直接ドアの鍵を開けた。あの時は雨も降っていなかったし、荷物も一つだけだったから気にもしなかったが――。

《スマートキーが壊れたり、電池が切れたりすることはよくあるぞ。あるいは失くしたか、中古車を買ったとか――。中古車ならスマートキーがない場合もあるからな》

中古車？

「気になるわ。陸運局に行って、あの車のことをもう一度調べてみる」

陸運局に到着し、職員に身分を告げて奈美恵の車の記録を見せてもらった。

やはり中古車だ。マルA名義になったのは今年の春、そして前の所有者名を見た瞬間、思わずガッツポーズが出た。大畑幸子だった。彼女が車を譲ったか売ったかは定かでない。しかしこれで、彼女が『マルAを知らない』と偽証していたことが判明したから逮捕状が取れる。

だが――。

マルAは大畑幸子が所有していた車で死んだわけだから、彼女がマルAの殺害にも関与した可能性がある。そうなら、血の繋がらない兄を殺したことにならないか？

有紀は長谷川を呼び出した。

「班長。大畑幸子の尻尾、捕まえました！」

《本当か！》

説明すると《逮捕状を取る》と長谷川が言った。

《大畑幸子がマルAの殺害にも関与した可能性があるとすると、もう一度、足柄サービスエリアの防犯カメラをチェックし直さなきゃならんな。六係が調べた時も、我々が最初に調べた時も、大畑幸子の存在はまだ知られていなかった。防犯カメラに彼女が映っているかもしれん」

「島根県警の方はどうします？」

《事後承諾でいい。こっちは彼女をマルA関連で引っ張るんだ。森本殺しで引っ張るんじゃないから向こうも文句は言えんだろ。まあ、引っ張ってしまえばこっちのもんだから、森本殺しも追求するがな》

※

十二月二十四日　日曜日　午前八時――
捜査員十名が大畑幸子の家を取り囲み、逃走経路を絶った。長谷川班からは長谷川と有紀と元木、蛭田班からは四人、三浦班からは三人である。榁本と内山は足柄サービスエリアの防犯カメラを調べている。

さあ、いよいよだ。全て喋ってもらう。

インターホンを押すと、《はい》と返事があった。大畑幸子の声だ。

「警視庁捜査一課の東條です」

《またこられたんですか？》

「こちらにお邪魔するのは今日が最後です」

《え？》

「出てきて頂けますか？」

《待って下さい》

間もなく、玄関の引き戸が開いた。仕事に出かけるところだったのか、きっちりとメイクしている。

有紀は、彼女に逮捕状を突きつけた。

「偽証容疑で逮捕します」

できれば偽装遭難の件も突きつけたいが、まだマルAと杉浦が同一人物という決定的な証拠は摑めていない。

「何のことですか？」

「あなたが以前乗っていた黒のハリアー、五十嵐靖男という男に譲渡しましたね」

大畑幸子の目が明らかに泳いだ。

「その五十嵐靖男が、以前あなたに見せた写真の男です。車を譲渡した相手を知らないと、よくもぬけぬけと言えましたね。警視庁までご同行を」

やっとここまで漕ぎ着けたが、マルAを殺したのは誰なのか？　五十嵐奈美恵か？　それとも大畑幸子か？

大畑幸子を車に乗せると、長谷川の携帯が鳴った。

「……どうした？　……不審な車？　……二度も現れた？　……うん。……うん。……『わナンバー』なんだな。……よし、ナンバーから所有会社を突き止めてくれ」長谷川が携帯を切って有紀を見た。「楢さんからだった」

「わナンバーと仰っていましたけど、レンタカーですよね」

「そうだ。マルAの車の傍に二度止まったらしい。一度目は午前十時過ぎ、二度目は午後二時頃」長谷川が元木に目を振り向けた。「お前はここに残って家宅捜索に加われ」

警視庁に戻ると、ほどなくして元木から電話があった。

「何か見つかった？」

《いいえ――。ガリウムに関係していそうなものは全くありませんでした》

「ハリアーのスマートキーは？」

《それもありません》

証拠隠滅を図ったか――。

《でも、変なものがありましたよ。救急箱の中から、空の医療用カプセルが数十個出てきました》

「医療用カプセル？」

《はい。二種類あって、一つは薄い青、もう一つは黄色です》

「どうしてそんな物を持っていたのかしら？」

まさか、それに何らかの薬物を入れたのではないだろうか？

《分かりませんけど、蛭田さんが検査するって》

「了解。班長に報告しとく」

《そっちはどうですか？》

「レンタカーを借りた人物が分かった」

2

浮気調査で対象者を見張るうち、辺りはすっかり暗くなった。

今年はイブもクリスマスも車の中、時折、麻子から送られてくるクリスマスケーキの写真やサンタ帽を被ったニコルの写真を見て、一人寂しくクリスマスの雰囲気を味わっている。

東條はあれから何も言ってこないが、また山にぶつかったのだろうか？

携帯が鳴った。噂をすれば何とかと言うが、東條からだ。

「待ってたぞ」

《連絡が遅くなって申しわけありません。少々、手こずったものですから——。本日、大畑幸子を逮捕しました》

「そうか！　決め手はガリウムか？」

《いいえ。マルＡが死んでいた車、つまり、五十嵐奈美恵が今も乗っている車が譲渡されたものであり、前の所有者が大畑幸子だったからです》

青天の霹靂だった。

「よく突き止めたな」

《運が良かっただけです。マルＡは間違いなく杉浦ですよ。大畑幸子はまだ黙秘していますけどね》

その後も東條の説明を聞き続けた。

「じゃあ、大畑幸子は兄貴を殺したかもしれねぇんだな」

《間違いなく殺しています。その証拠も摑みましたから——。あなたも仰っていましたよね、『杉浦と妹はできていたという噂がある』って。それが本当なら、彼女は愛した男を殺したことにもなります。マルＡが発見された現場の防犯カメラ映像をチェックし直した

ところ、不審なＳＵＶが映っていました》
「その車を大畑幸子が運転していたのか？」
《はい。マルＡが車を止めて間もなく、ＳＵＶがマルＡの車の隣に止まりました。防犯カメラの映像が白黒のために車体の色は分かりませんでしたが、ＳＵＶからはサングラスをした女が降りてきましたよ。その女は三十分ほどで車に戻ったんですが、走り去ってから四時間が経過した頃、また同じ車種で同色と思しきＳＵＶが現れてマルＡの車の斜め右後ろに止まりました。でも、誰もＳＵＶから降りてこず、今度は五分と経たずに走り去ったんです。それで不審に思って別の防犯カメラを調べたところ、どちらのＳＵＶも同ナンバーで、しかも『わナンバー』であることが分かりました》
「つまり、レンタカーか」
《そうです。それで陸運局に行ってナンバー照会したら、千代田区のレンタカー店が所有している車だと分かりました。そして誰が借りたか調べると、大畑幸子が借りていたんです。ですから、足柄サービスエリアに行ったのも大畑幸子で間違いありません。どうして彼女が二度も現場に現れたか分かります？》
「殺人トリックを仕掛けるためだよな」
《はい。一度目はマルＡが眠ったかどうかを確かめるため、二度目はマルＡを殺すためです》
「だが、マルＡが車を止めてから発見されるまで、誰も車に乗っていないし、車からも降りてこなかったんだろ？　どうやってそんなことができた？」
《トリックの要はスマートキーでした》
東條が、五十嵐奈美恵がスマートキーを使わずに車のドアの施錠と解錠をしていると話してくれた。
《大畑幸子は二度目に現場を訪れた時、スマートキーでマルAの車のエンジンを切ったんです》
思わず膝を打った。
「遠隔操作か！」
《はい。大畑幸子は自分の車をマルAに譲渡しましたけど、リモコンキーだけを手元に残しました。だから今でも、五十嵐奈美恵はスマートキーを使えないでいるんです》
「だが、大畑幸子はマルAをどうやって眠らせた？　マルAは自分で車を運転して現場に行ったんだろ？　血液検査も問題なかったっていうし、睡眠薬を使ったとは考えられねぇんだが」
《その睡眠薬を飲ませたんですよ。苦楽を共にしてきた妹だから怪しまれなかったんじゃないでしょうか》
「はあ？」
《でも、通常の使い方をしたわけではありません。医療用の、性質の違う二種類のカプセ

ルに睡眠薬を仕込んだと思われます。このカプセルですけど、大畑幸子の家から押収しました》
「性質の違うカプセル？」
《胃で溶けるタイプと腸で溶けるタイプです》
「どういうことだ？」
《胃液は酸性ですけど、腸液はアルカリ性なんですよ。腸で溶けるタイプは腸溶性フィルムコーティングカプセルと呼ばれ、材質は天然のセルロースにカルボキシル基を混ぜた半合成分子です。大畑幸子はこの二種類のカプセルを上手く組み合わせ、マルAと離れた場所にいるにもかかわらずマルAを眠らせることに成功したんです。まず、サプリメントだとか何とかと言ってマルAを騙し、睡眠薬を入れた二種類のカプセルを飲ませます。そうすると、まず、胃で溶けるカプセルが溶解して睡眠薬がマルAの体内に吸収されますよね》
「ああ」
《でも、それだけでは眠らないように睡眠薬の量を調整しました。どうしてだか分かります？》
　脳細部をフル稼働させ、一つの答えを見つけた。
「眠らせて事故を起こさせたとしても確実に死ぬとは限らねぇ。下手をしたら一命を取り留めて、病院で検査を受けた際に睡眠薬の成分が検出される可能性だってあるよな」

「正解です。だから確実にマルAが死ぬように、熱中症のトリックを仕掛けました。マルAは猛烈な睡魔に襲われたことでしょう。だから彼は安全のために仮眠しようと考え、二度と目覚めることがないとも知らずサービスエリアに車を入れました。そして仮眠に入ると、今度は腸溶性カプセルの中の睡眠薬が溶け出して完全に昏睡状態に陥った。その後、大畑幸子は睡眠薬の濃度が薄まるのを待ち、スマートキーを使ってマルAの車のエンジンを切ります。そうすればたちまち車内の温度は急上昇し、身体にまだ睡眠薬の成分が残っているマルAは眠り続け、遂に危険レベルの熱中症に陥ってしまった。熱中症になってもすぐには死にません。一、二時間は生きているでしょうから、その間にマルAの体内から睡眠薬の成分が完全に消え去ったんだと思います》

「でも、睡眠薬が切れたら目を覚ますだろう？　それならエアコンを点けるとか、誰かに助けを求めるんじゃねぇか？」

《そこなんです。熱中症は症状が進むと筋痙攣を起こし、更に症状が進むと筋硬直を起こして動けなくなります。それどころか、声さえも出せなくなるとか——。マルAは目を覚ましたかもしれませんが、動けないから車から降りられず、遂には死に陥った。医師に確認したところ、大の男でも真夏に密閉された車内に放置されたら一時間で危険レベルに陥るそうですよ》

「ってことは、大畑幸子は睡眠薬の効力が切れるまでの時間を計算したってことだな。胃で吸収される睡眠薬の量も計算したからマルAは眠らなかったわけだし」
《はい。そのことも医師が話してくれました。医療の知識がある人物ならそれほど難しい計算ではないそうです。槙野さんはご存知ないかもしれませんけど、大畑幸子の幼馴染が看護師で、仁摩診療所に勤務しています》
「じゃあ、その看護師から知識を得たか」
《多分――。ガリウムの知識も幼馴染の橋田さんから得ていますからね。正直言って、当初はその看護師さんと橋田さんを森本殺しの容疑者リストに入れていたんですよ。何だか申しわけなくて》
「仕方ねぇさ、刑事は人を疑ってなんぼだから――。それにしても罰当たりな女だぜ。持つべき者は友って言うが、その友達から提供してもらった知識を犯罪に使うとは――。最後にもう一つ聞かせてくれ。マルAはどうして足柄サービスエリアにいたんだ？」
《一般道であのトリックを使ったら、マルAがどこに車を止めるか分かりません。路肩にでも止められたら警察が注意しにくるかもしれませんし、そうなったらマルAが睡眠薬で眠っていることもバレてしまいます。でも、高速のサービスエリアなら仮眠するドライバーは大勢いますし、マルAが寝ていても誰も不思議には思わないでしょう。マルAが足柄サービスエリアに車を止めたことから、近くで大畑幸子と会っていたと私は考えているんですけどね》

相変わらず東條の洞察力は大したものだ。よくぞ車のキーに気づいた。

「だけど、大畑幸子がマルAを殺した動機は何だ？」

《それは本人に喋らせます。マルAに睡眠薬を飲ませた状況もね》

「いろいろ教えてくれてありがとな」

《お礼を言うのはこっちです。今回も些少《さしょう》ですが、情報提供料が出ると思いますよ》

「嬉しいね」

へそくりを使い果たしてしまったから懐が寒い。

《では後日――》

通話を終えて間もなく、また着信があった。ディスプレイを見てぎょっとなる。

班長――。

懐かしい、あの坊主頭が目に浮かぶ。そんなことより、三浦から何か言われたか？ それとも、堂島が白状《ゲロ》したか？ それで怒って電話してきたのかもしれない。

携帯が『早く出ろ』と着信音を鳴らし続け、槙野は覚悟を決めた。心なしか震える指先で受話器マークに触れる。

「はい……」

予想に反し、重低音の第一声は《元気か？》だった。

「――何とか……」

蚊の鳴くような声しか出ない。班長にはどれほど迷惑をかけたか、一生かかっても謝罪し切れない迷惑を――。
《いろいろと動き回ったそうだな》
「申しわけありませんでした――」
《相変わらず困った奴だ》
「すみません――」
知らず、頭が下がっていた。
《三浦がカチ込んできやがったぞ、うちの誰かが槙野に桑田の情報を流したんじゃないかってな。まあ、惚けておいたが――》
「え？」
《全部、堂島に白状させたよ》
「俺が堂島を脅して捜査資料を出させたんです。あいつは悪くありません！」
《分かってる。『ご苦労だった』それを言おうと思って電話したんだ》
礼を？
《槙野、もうあのことは忘れろ。俺もみんなも、もう怒っちゃいない》
今、頬を流れたのは涙か？
「しかし」

《捜一の鉄仮面からも話は訊いた。大目に見てやってくれと言われたしな》

苦笑するような声だった。

《さすがに周りの目があるから、お前と酒を酌み交わすわけにはいかんが、たまには年賀状でも寄こせ》

涙で声が出ない。鼻水を啜るのが精一杯の返事だった。

《鏡さんに宜しくな》

通話の終わりを告げる発信音が聞こえてきたが、槙野はいつまでも携帯を耳から離すことができなかった。

3

午後八時——

警視庁本庁庁舎

大畑幸子を逮捕してから半日、彼女は一言たりとも口を利いていない。雑談を持ちかけても無反応。逮捕理由を告げた時はさすがに慌てた様子だったが、完全黙秘作戦に出たようだ。しかし、長谷川が必ず落とすだろう。それにしても、兄まで手にかけたのは何故なのか?

第一取調室横の覗き部屋に足を運ぶと、警視庁組の他に島根県警の板垣がいた。

「板垣さん、大変お世話になりました。今回のことですが」

板垣が、顔の前で小さく手を振る。

「気にせんとって下さい。こっちも同じことをしたと思いますけん」

島根県警に断りなく大畑幸子を引っ張ったこと、上層部から謝罪があったのだろう。

第一取調室には長谷川と楢本がいて、長谷川は中央のスチール机を指で軽く叩き、楢本は隅のスチール机でノートPCを立ち上げようとしている。

やがて警護官に付き添われた大畑幸子が現れ、俯いたまま長谷川の正面のパイプ椅子に座った。

いつものように長谷川がワイシャツの袖を肘まで捲くり上げる。そして両肘をスチール机につくと、握った右の拳を左手で包んだ。

《さあ、始めようか。まず二つ言っておく。一つは、お前に見せた写真の男を我々はマルAと呼んでいる。二つ目は、マルAが遺体で発見された現場の防犯カメラに、お前が東京都千代田区のレンタカー店で借りたSUVが映っていた。しかも二度だ》

大畑幸子が顔を上げた。その表情から、明らかに動揺していることが分かる。

これで落ちたと思う。

《どうだ？　黙秘を続けるか？》
大畑幸子が、いやいやをするように首を横に振った。観念したか。
《全てお話しします》
やはり落ちた。
板垣はというと、ポケットに左手を突っ込み、右手で自分の顎を撫でていた。
長谷川が空咳を飛ばし、有紀は改めて取調室の様子に神経を注いだ。
《マルＡは杉浦誠一だな》
大畑幸子が小さく頷く。
《そのとおりです……》
《それじゃあ、杉浦のことから聞かせてもらおうか。杉浦は大時化を食らって遭難死したことになっているが、どうやって生き延びた？》
《出港してすぐ、走行中の船から海に飛び込んで岸まで泳いだんです。兄の船には自動操舵があって、任意の場所の緯度経度を打ち込んだら勝手に船がそこまで行きます。出港したんが夜中やったけん、誰にも見られることはありませんでした》
やはりそうか――
《だが杉浦は、僚船達と無線交信していたと聞いたぞ》
《兄の船には無線が二つあって、一つを外して家に持ち帰っとったんです。勿論、アンテ

ナも――》
《陸から無線を使ったわけか》
《車で山に登って、海が見渡せる場所でアンテナを立てて――。無線の電力はたったの一ワットだけん、車のバッテリーがあれば起動します》
《その後、逃走か》
《はい。翌朝兄を車に乗せて出雲空港まで行って、兄はそのまま東京に――》
《そしてお前は杉浦の葬式を出し、保険金が下りる日をひたすら待ったんだな》
《ええ――》
《どうして仁摩町に留まった？》
《兄が行方不明になってすぐに保険金の受取人の私が行方を晦《くら》ましたら、保険会社が不審に思うかもしれんと兄が言うもんで――。それで、ほとぼりが冷めるまでは仁摩におることにしました。でもまさか、警察に突き止められるなんて……》
《偽装遭難した理由は？　借金の返済に困窮《こんきゅう》したからか？　それとも、杉浦が覚醒剤の運び屋をしていたことと関係しているのか？》
　大畑幸子が驚いたような顔をする。
《兄が運び屋をしとったことまで調べたんですか――》
　どうやら槙野の勘が当たったようだ。

《ああ、桑田を撃ち殺したことも。全部話して楽になれ》
大畑幸子が俯いて両手で顔を覆う。それからしばらく無言だったが、決心したようで顔を上げた。
《兄が犯罪に手を染めたきっかけは借金です。船の返済がきつぅて――》
大畑幸子が、遠い過去を見つめるかのように視線を宙に漂わせる。
《十年以上前ですけど、仁摩の港はメダイ漁で活気づいていました。本当に沢山釣れて、三年ほど大漁の日々が続いたんです――。当時の兄は、古うて小さい船に乗って操業しとったんですけど、速力は遅いし時化にも弱かったんです。だけん、『こがぁに漁があるなら新しく船を作り、誰よりも早ぅ漁場に行って、誰よりも遅ぅまで操業できるようにしたい。新造船なら少々の時化でも平気だし、もっと儲かる。まだまだ大漁も続くやろうから、船を作ってもすぐに借金は返せる』と兄が言い出して――。勿論、私も兄の考えに疑問など持たんと、二つ返事で船を作ることに賛成したんです。当然、連帯保証人にもなりました。でも――》
大畑幸子が言い淀んだ。当てが外れたのだろう。その時の落胆がこっちにまで伝わってくる。
《水温の関係か海流の関係か、船ができ上がった途端にメダイが全く獲れんようになってしもぅたんです。他の漁も同じようなもんで、原油の高騰も相まって、漁師連中は誰もが悲鳴を上げました。兄は船の支払いもあって、文字通り家計は火の車。そんな状況が丸二

年続き、いよいよもうダメという時に――》

《桑田が覚醒剤の運び屋の話を持ってきたのか》

《はい。そして犯罪に手を染めて――。突然、兄の羽振りがようなってね。漁もないのに何でやろと思ぅとるうちに、桑田が家にやってきたんです。それで、兄が桑田と組んで悪さしとるんと違うかとピンときて――。兄を問い詰めましたけど、そん時は何も答えてくれませんでした。それから半年ほどした頃、半年ほどした頃……》

大畑幸子が拳を握り締め、それを小刻みに震わせた。

有紀は楢本の耳元で、「まさか」と告げた。

「お前の思っているとおりかもな」

桑田の殺され方だ。明らかに復讐されたと見るべきだろう。有紀は改めて取調室に視線を向けた。

《兄がおらん時に、桑田が突然上がり込んできて……》

大畑幸子の頬を涙が伝った。

《暴行されたのか?》

長谷川としても訊き難いだろうが、これぱかりは避けられない質問だ。

大畑幸子がゆっくり頷き、また下を向いた。

杉浦に覚醒剤の運び屋をさせているうち、桑田は妹の幸子に興味を持ったのだろう。そして獣の本性が剝き出しとなり、力ずくで欲求を満たした。ゲス野郎が。
《そのことを杉浦に話したのか？》
《言えませんでした。でも、兄は勘が鋭い人で、私の様子がおかしいと直感して問い詰めてきました。そして隠し切れずに——全てを……。兄は怒りで震えていました。それから一週間ほどした頃、話があると言われたんです》
《その話というのが偽装遭難計画か》
《はい。その計画には桑田を殺すことも含まれとって……》
相手はヤクザ。下手に手を出すと報復されるのは明らかだし、運び屋をやっているという弱みもあって無茶なことはできない。だから杉浦は知恵を絞り、暴力団と手を切り、なおかつ妹の仇も討つ方法を思いついた。おまけにその方法は、保険金という莫大な金も生む。更に、大時化の海で遭難したと思わせることによって、そんな海に投げ出されて助かる人間などいないと誰もが考えるから、遺体が上がっていないにもかかわらず杉浦は死んだと思われた。
《計画を実行した後はどうするつもりだった？　杉浦は死人扱いだから、まともな生活はできんだろう》
《兄は私にこう言いました。『戸籍を売買しとる闇組織があって、朝鮮半島や中国からの密入国者もその組織から戸籍を買ぅとるらしい』って》

その闇組織を見つけるつもりだったようだが、実際は、五十嵐靖男を殺して彼の戸籍を手に入れた。闇組織が見つからず、計画の変更を余儀なくされたか。それだけ戸籍を渇望していたということだろう。

《以前、杉浦と同じように、偽装遭難詐欺を企てた漁師親子がいたんだが、知ってるか？》

《知っています。兄はその事件を模倣しました》

《やっぱりか》

《その事件のことを兄に教えたんは父だそうです。兄がまだ小学生で、その時のことを思い出して模倣する気になったって。その漁師親子の計画は失敗しましたけど、殆ど成功しかけとったとも》

《そうだ。パチンコ屋で同じ漁協の漁師と出くわしたんだ。それで偽装遭難がバレた。あの事件の唯一のミス、それは顔を変えなかったことだ》

《だから兄は、自分の顔を変えたんです》

写真を見せて回っても証言が得られなかったわけだ。

《杉浦が東京に行ってからのことは》

《まず、美容整形で顔を変えました。それから木村と名前を偽ってパチンコ屋に就職して、桑田を殺す機会を窺いました》

《拳銃はどこから手に入れた？》

《桑田に教えられた密売人から買ぅたと聞きました。兄がそれとなく桑田に、『お前の組は拳銃の密売もしとるんか』と尋ねたら、『そんな儲からない商売はしていない。新宿の組はやっているそうだけどな』と話したとかで――》
《何という組だ？》
《そこまでは聞いていません。本当です》
《その後は？》
《桑田を撃ち殺してしばらくした頃、五十嵐靖男という人物の戸籍を闇組織から買って別人になりました。それから引越し業に――》
《五十嵐靖男の件は知らんのか？》
《何のことですか？》
大畑幸子が長谷川に顔を近づける。
とても演技とは思えない。ここまで事実関係を認めているのだから、五十嵐靖男の件に関しては本当に何も知らないのではないだろうか。
《杉浦は五十嵐靖男を殺して戸籍を乗っ取ったんだ。闇組織から買ったなんて嘘さ》
大畑幸子が口に手を当てる。彼女の横顔には、驚きの色がありありと浮かんでいた。
《嘘――でしょう》
《事実だよ》

《まさか、兄が他にも人を殺しとったなんて……》
大畑幸子が息をつき、取調室に沈黙の時間が流れる。
《杉浦を殺したな》
大畑幸子がゆっくりと頷いた。
長谷川が大畑幸子の顔を覗き込み、《何があった？》と迫った。
《裏切られました――。兄が交通事故に遭うたもんですから入院先の病院に見舞いに行ったら、知らん女が兄の病室から出てきて――。兄に『今の女は誰？』って訊いたら、『付き合ぅとる人だ。結婚しようと思ぅとる』と》
大畑幸子が膝の上で拳を握り締める。明らかに怒りを押し殺しているようだった。普通なら兄の再婚を祝福するものだが、彼女は違うらしい。
そうか！　杉浦と大畑幸子に血の繋がりはない。やはり男女の関係にあったのだ。
《私はずぅっと兄のことが好きでした。でも、兄には付き合ぅとった人がおって、その人と結婚を》
《松下千恵さんか》
《はい。そんなわけで、私は高校卒業と同時に家を出ました。好きな男が他の女と仲良ぅしとるのを毎日見るのは嫌ですけん。その時に兄を忘れる目的もあって、姓も元の大畑に戻すことにしたんです。でも、それから何年かして兄が離婚し、私に『帰ってこんか？』って――。嬉しかった。また兄と一緒に暮らせると思うと、ほんとに嬉しゅうてね。そのうち漁がダメになってあの計画を実行することになったんですけど、あの時に兄は、『別の戸籍と保険金が手に入ったら夫婦にならんか』と言い出して、私は自分の想いが天に通じたと思いました。だけん、何年も一人で我慢できた。それやのに、私を裏切って他の女と結婚するて言うたんですよ。許せんかった……》

大畑幸子が唇を嚙んだ。

典型的な遠距離恋愛が壊れるパターンだ。会えない寂しさから、どちらかが身近にいる異性に心を奪われてしまうのである。

《許せなかった――か》

《そうです。だけん、兄を罵倒しました》

《杉浦は？》

《すまん――とだけ……。それで私は泣いて病室を出たんです。でも、怒りは収まるどころか膨れ上がるばかりで、兄への殺意が芽生えて――》

《だが、杉浦はお前の仇を討つために桑田を殺したんだぞ》

《確かにそうですけど、元はと言うたら、兄が桑田の誘惑に負けたからです。負けんかったら私もレイプされることはなかったんです！　そう思うと余計に兄に対する怒りが渦巻いて……》

怒りに身を焼き、全てを杉浦の責任と考えたか。
《どうせ殺すなら、私から兄を奪ったあの女にも一泡吹かせてやろうと思いました。そして興信所を使ぅてあの女のことを調べたら、前の夫が熱中症で、それも車の中で死んでいると知りました。だけん、同じ状況で兄が死ねば、あの女に殺人の疑いがかかるかもしれんと考えたんです》
《そして熱中症のトリックを思いついた――だな》
《はい。必死になって考えました。でも、あのトリックは夏しか使えません。だけん、今年の夏まで待たんといけんかったんです》
　これで五十嵐奈美恵の無実は証明されたが、彼女は大畑幸子の存在など知らなかった。恨まれて気の毒に。
《お前の家から医療用のカプセルが多数見つかった。しかも、胃で溶けるタイプと腸で溶けるタイプだ。それをトリックに使ったな》
　大畑幸子が頷き、その後、長谷川は有紀が組み立てた推理を突きつけた。
《何でそこまで分かったんですか？》
《警察には優秀な刑事がいるんだよ。それより、杉浦とのその後は？》
《ひと月ほどして、兄から電話がありました。心配してかけてきたんです。でも、許す気はありませんでしたし、殺す計画も進めとったけん、兄を油断させるために許したふりをしました。兄は何度もすまんと言うて――。それから計画を実行に移したんです。まず、新車を買いました。兄が当時乗っとった車よりもずっとグレードの高いやつです》

《それがハリアーか》

《はい。その半年後、『クイズに当選して新車が当たった。今の車はまだ半年しか乗っ取らんけん、欲しいならあげるよ』と兄に持ちかけたんです》

《そういうことか。半年しか乗っていない車なら新車同然で、しかも、自分が乗っている車よりもグレードの高い車がタダで手に入るとなれば、誰も断ったりしないよな》

　まさか妹が自分を殺そうとしているとは思わず、杉浦はそのデタラメを信じたのだ。

《だが、スマートキーが壊れたと偽って車体だけを譲渡した》

　大畑幸子が首を横に振る。

《違います。兄にはスマートキーを渡しました》

《じゃあ、お前はキーを複数持っていたのか》

《そうです。車を買うた時に二つ注文しましたけん》

　では、奈美恵がスマートキーを使って車のドアを開けなかったのは何故だ？

《しかし、車を売ったらお前の足がなくなるだろう？》

《だけん、中古の安い軽自動車を買いました。兄が大田市にくることはありませんからバレることはないと思ぅて――》

《杉浦に飲ませた睡眠薬に関しては？》
《車の譲渡と前後して、兄に餌づけしました。兄は引越し業をしとったもんですから肉体労働、身体の節々が痛いと漏らしとったんです。だけん、『副業で健康食品販売の仕事を始めた。お兄ちゃん、定期購入してくれん？』と持ちかけたら、兄は承諾してくれました。私を裏切った後ろめたさもあったんでしょう。でも、そのサプリは本当によう利いたみたいで、調子が良ぅなったと連絡が》
《つまり、サプリと偽って睡眠薬を飲ませたんだな》
《そうです。兄を殺す数日前に、『私、結婚することにした。前から好きやと言われとって、その人の申し出を受けた。もうお兄ちゃんとは会えんようになるけん、最後の思い出に、富士山にドライブに連れて行って』と頼んだんです。それであの日の朝、兄と御殿場のホテルで待ち合わせしました》
《そこで睡眠薬を飲ませたのか？》
《ええ、サプリの新製品が出たと嘘を言うて——。兄は疑いもせずに睡眠薬を飲みました》
《どうして御殿場を選んだ？》
《場所はどこでもよかったんです。兄が高速を使いさえすれば……》
《サービスエリアに車を止めさせるためか——。だけど、杉浦はお前と一緒だったのに、どうして一人になった？》

《薬を飲ませた直後、貧血を起こしたふりをしたんです。私は本当に貧血持ちで、兄もそのことは知っとるけん、演技したとは思わんかったでしょう。それで、『今日は行けそうにないけん日延べして』と言うて兄を帰したんです》

そして杉浦は帰り、東名高速の足柄サービスエリア近くで睡魔に襲われた。

《杉浦を尾行したな》

《はい、レンタカーで――。兄は足柄サービスエリアに入り、私は兄の車の隣にレンタカーを止めて兄が眠ったか確認したんです。兄はシートを倒して目を閉じていました――》

《変装もしていたな》

《はい。兄がまだ眠っとらんかったら拙いと思ぅて》

《睡眠薬はどこで手に入れた？》

《仁摩診療所です。眠れんで困っとると先生に言ぅて処方してもらいました》

《睡眠薬に関する諸々の知識は看護師の山根さんから得たか》

「はい」

《じゃあ、森本についてだ。お前が殺ったな。黒づくめの人物はお前の変装だろ？》

《それは違います！》

今度は惚ける気か。よほどあのトリックに自身があるらしい。

《じゃあどうして、お前が出雲市のマツダオートで借りた代車が、十一月二十三日、松江

グランドホテル裏の駐車場に止めてあったんだ？》
大畑幸子が目を逸らす。
《こっちを見ろ》と言った長谷川が、彼女を睨みつけた。
大畑幸子が上目遣いで長谷川を見る。
《その代車の中で着替えたんだろ？　それとな、松江グランドホテルの五階の排水管からガリウムが検出された。変だよな、そんな所から珍しい金属が検出されるなんて》
ややあって、大畑幸子が両手で顔を覆った。そして《私が殺りました》と蚊の鳴くような声で認めた。
《まず、代車のことを話せ》
《殺人事件やし、自分の車とかレンタカーを使うと足がつき易いと思ぅたんです。それで代車を使うことを思いついて——。代車なら私が借りたなんて誰も思わんと考えました。それで、同級生が出雲のマツダオートに勤めとることを想い出して、彼を利用することにしたんです。私の車もマツダですけん》
《同級生が、お前が大畑姓になっていることを知らないからか？》
《それもありました。同級生なら身分証を出せとも言わんと思ぅて——。それで『六ヶ月点検を頼みたいけど、代車は何がある？』って訊いたら、普通乗用車と軽のハコバンがあると言うもんですけん即決しました。バイクが乗るよう、フラットシートの車やったら何

でもよかったんですけどね》
《バイクを乗せられない代車しかなかった時は？》
《そん時は車を盗むつもりでした。島根県は土地が余っとるけん路上駐車が多いし、ドアを開ける方法とエンジンを直結でかける方法も知っとりますけん》
《どうしてそんなことまで知っている？》
《兄から聞いたんです。桑田に教えられたそうで――》
《悪党が――。凶器についてだ。森本を殺したのはガリウムで作った包丁で、犯行後、バスタブに溜めた湯で溶かしたんだろ？》
《ええ》
《ガリウムの知識は橋田さんから得たな？》
《はい……》
《森本の携帯にも細工したろ？　秋本という架空の人物のことだ》
《ええ――。私は黒ずくめの男を演じましたけど、警察は簡単に騙されないだろうと思いました。きっと、『黒ずくめの男がどうやって森本が宿泊している部屋を突き止め、森本が簡単に部屋に招き入れたのか？』と考えるに違いないと。そこで、架空の人物を作り上げることにしたんです》
《それが秋本か》

《はい。森本だけが知っている謎の人物としておけば捜査は混乱するやろうし、森本が秋本を部屋に呼んだと警察は考えると思いました。私は捜査線上から外されるやろうし、森本の事件はいずれ迷宮入りになると考えて――。そこで森本の携帯に、秋本への発信履歴と秋本からの着信履歴を残したんです》

《お前なら簡単な作業だよな》

《ええ。ホテルの部屋を出る時、『携帯のバッテリーが切れた。あんたの携帯貸して』と森本に言ぅたんです。そしてホテルを出てすぐ、森本の携帯でプリペイド携帯にかけました。勿論森本の携帯に秋本の名前も登録しました。着信履歴を残すのはとても簡単で、ただ単に、プリペイド携帯から森本の携帯にかけただけです。森本はイタズラ電話だと思ぅたみたいで、『朝から変な電話が何度もある。番号だけしか表示されんし、出たらすぐ切りよる』と話していました》

《どうして殺した?》

《私と兄の秘密を知ったからです。森本が、兄が生きとることを摑んだんです》

《どうやって知った?》

《森本が遠洋から帰ってくると、仲間内で必ず飲み会をします。その時、みんなで日帰り旅行に行こうという話になって旅行日の候補が幾つか出たんですが、そのうちの一つがダメで、他の日がええと言いました。兄に会いに、上京する時期と重なったもんですから

——。それで理由を訊かれてつい、東京の友達に会いに行くと言うてしもぅたんです——。そうしたら橋田君が、『東京に彼氏でもおるんか？　だけん、結婚せんのと違うか？』とからこうて——》

《その話を聞いていた森本が、お前にストーカー行為をしたということか？》

《はい、あとでそう話しよりました。遠洋マグロ漁船の船員は一度漁に出たら一年以上帰ってこんことはザラですけど、帰国すると二、三ヶ月休みがもらえます。だけん、森本には私をつけ回す時間がようけあったんですよ。私が迂闊だったばっかりに……。仁万駅で頻繁に東京までの切符を買うと噂になるかもしれんと思ぅて、切符も出雲市駅で買ぅとったんですよ。するとある日、森本がうちにきてこんなことを言いました。『誠一さんが生きとるとは思わんかった』と。それで、森本が私を尾行して兄が生きとることを摑んだと直感しました》

《杉浦は整形したんだろ？　どうして森本は、お前と会っていた男が杉浦だと分かった？》

《声です。それに私は兄のことを『お兄ちゃん』と呼んどったし——。私は、森本にストーカーされとることに全く気づきませんでした》

森本も念入りに変装したのだろう。

《私と兄は、有楽町駅近くの喫茶店で待ち合わせしたんですけど、その喫茶店はテーブルとテーブルの間に衝立があって、衝立の上には観葉植物が置いてありました。だけん、私

も兄も、後ろの席に座った森本に気づかんかったんです》
《森本は何か要求したか？》
《私の身体を――》
《森本の要求を受け入れたのか？》
《一度は断りました。でも、『誠一さんが生きとる証拠を持っとる。お前と誠一さんの会話を録音したけん、嫌だと言うたら警察にそれを持ち込んで洗いざらいぶちまける』と――。それで森本に求められるままに……》
そして森本は大畑幸子に殺された。まるで、交尾を終えた直後に牝カマキリ食われる牡カマキリではないか。
長谷川が首筋を掻きながら、《他の要求は？》と訊く。
《俺と結婚しろ。そうすれば、誠一さんのことは目を瞑るって――》
《森本は、杉浦にも何か要求したか？》
《いいえ、兄には会ぅとりません。森本の目的は私でしたから》
《しかし、杉浦の車の中には森本の髪の毛があった。車を杉浦に譲る前に森本を乗せたのか？》
《乗せました。ハリアーを買うてひと月もせんうちに森本のお爺さんが亡くなったもんですから、森本がアフリカから飛行機で帰国したんです。その時に――。急なことやったし、

森本も葬式が終わったらすぐに日本を離れたもんですから、その時は殺すことができませんでしたけど》

もし森本が緊急帰国していなければ髪の毛が車に落ちることはなかったし、マルAの正体も永遠に謎だっただろう。

《話を戻すが、森本から強請られた時、杉浦に相談したか？》

《勿論です。それで殺すことに――。けど、計画を練っとる時に兄が交通事故に遭ぅてしもぅて、計画は延期。そのうち森本は外洋に出てしまいましたけん、手も足も出せんかったんです》

《コンサートに行ったのも、あのホテルに泊まるためか》

《はい。前もって防犯カメラの位置なんかも調べ、あの部屋を予約しました。そして森本をコンサートに誘って――》

《殺しの手順を最初から話せ》

《コンサートが終わってホテルに戻ると森本は風呂に入ると言い、私は彼が風呂から上がるまで待って、生理が始まったけんコンビニまで生理用品を買いに行くと言って部屋を出たんです。それから森本に借りた携帯でプリペイド携帯に電話して発信履歴を残し、ホテル裏の駐車場に止めてある代車に行って着替えをしました。男に見えるよう、シークレットインソールの靴を履き、腰痛用のサポーターで胸を潰し、セーターを重ね着して体格を男に見せました。最後に兄のコートを纏って外に出て、再びホテルに舞い戻って宿泊している部屋のドアをノックしたんです。『私、開けて』と言うたら、森本はすんなりとドアを開けてくれましたよ》
《そして部屋に入り、スタンガンで森本を昏倒させたか》
《そうです。私の格好を見た時の森本の顔、今思い出しても笑えます。鳩が豆鉄砲を食ろぅた、正にそんな顔しとりましたから。動けんようになった森本に追撃の電撃を与え、両手を後ろ手にして結束バンドで縛りました。足も両足首を結束バンドで縛り、最後に口にガムテープを貼ってバスタブに湯を溜めました。結束バンドですけど、縛った跡が残らんように工夫もしました。ハンドタオルを先に巻いてから結束バンドを使ぅたんです。部屋を出た私は代車に戻り、元の服に着替えました。それから、代車に乗せとったバイクでコンビニへ。着替えた時間と森本を縛り上げるのにかかった時間を取り戻さんと、コンビニに行く時間が遅ぅなります。そうなったら、タイムラグを警察が疑うかもしれませんから。そしてコンビニで生理用品を買ぅて、またバイクで駐車場に戻りました。でも、帰りは早ぅ戻り過ぎたけん、時間調整してホテルの部屋に》
《ガリウムで作った包丁を持ってか?》
《はい、包丁は全部で四本作りました。気温が低かったけん、車の中に置いといても平気でした。部屋に戻ると森本は泣いとってね。私に裏切られたことがよっぽど悔しかったたんでしょう。だけん、『あんたアホやね』と言ぅて森本を殺したんです。そん時は手術用のゴム手袋をしました。だって、外した結束バンドとハンドタオルを細かく切らんといけんかったから》

《どうやって切った？》

《鼻毛切りの小さな鋏を使いました。化粧ポーチに入れておいたんです》

《化粧ポーチを調べられて、血が付いた鋏が見つかったら計画が破綻する恐れがあった。だからゴム手袋をしたか》

《ええ。森本が死んだのを確認して、結束バンドとハンドタオル、ゴム手袋をその鋏で細かく切ってトイレに流しました。最後に、ガリウムで作った包丁をバスタブに入れると瞬く間に溶けて――》

蛇口とカランのレバーの位置までは気が回らなかったようだ。もしそこまで気が回っていたら、排水管漏れもただの偶然で片づけていたかもしれない。

「東條」と楢本が言う。「お前の推理どおりだな」

「ええ――」

《あのホテルの五階の排水管が鋼管製だったことが災いしたな》

長谷川の説明を聞き、大畑幸子がまた唇を嚙んだ。ガリウムの脆化力を甘く見たことを悔やんでいるのか、それとも、『もっと下調べして、排水管が塩ビ性のホテルにしておけば計画が破綻することはなかった』と悔やんでいるのか――。いずれにしても、彼女の後悔が手に取るように分かる。

《森本殺しを杉浦に手伝わせなかった理由は？　一度は二人で殺す相談をしたんだろ？》

《兄が私を裏切ったからです。だけん、もう兄と組むのが嫌になりました。それに、森本がいつ日本に戻るかも分からんかったし、私一人で森本を殺す自信もありました》

長谷川が溜息をついたようだった。

《呆れた女だ。次は松下千恵さんと長女の殺害についてだが、この二人もお前が殺ったことは分かっている。惚けても無駄だぞ》

《はい……》

《どうして殺した？》

《兄のことを調べとる探偵がおったからです。おまけに、警察も兄の写真を私に見せるし――。だけん、嫌な予感がしました。そのうち、兄が偽装遭難したことがバレるんと違うかと》

《松下さんの長女は杉浦の子か？》

《それは間違いありません。兄によぅ似とったし――》

《長男は不倫の子だな》

《はい》

《それで杉浦の実の子である長女と松下さんを殺したのか。長女のＤＮＡ鑑定をされたら、

マルAと杉浦が同一人物であることが明らかになるもんな》
　大畑幸子が頷く。
《長男は不倫の子だと知っとったけん、DNA鑑定のことを考えて生かしました。DNA鑑定されれば、マルAと兄は別人だと断定されますけん》
《長男が不倫の子であるとどうして分かった？》
《兄から聞かされたからです。長女は自分によう似とるのに長男がちぃとも似とらんもんだけん、兄が千恵に内緒で長男のDNA鑑定を依頼したんですよ。結果は父子関係なし》
《それで杉浦は離婚したってわけか》
《はい》
《どうやって殺した？》
《千恵の家に訪ねて行って、スタンガンを使いました》
《森本殺しに使ったやつか？》
《そうです……。インターホンを押すと千恵が出てきたんですけど、ちょっと話があると言ぅて無理矢理玄関に入り込みました。そして彼女にスタンガンを押し当てて、動けんようになったところで首を絞めて気絶させました。長女も同じ方法で気絶させました。その時に殺さんかったんは、焼死に見せかける必要があったからです》
《解剖のことを考えたんだな。死人は息をしないから火災発生時に出る煙を吸い込まない》

《そうです。肺に煤《すす》が付着するよう、気絶させるだけに止めたんです。そして千恵を居間に、長女を二階の部屋に運びました。それから居間に戻って燃え易い物を集めて座卓に並べ、タバコに火を点けて座卓に置きました。千恵はタバコを吸いますけん。そうしたら、あっという間に火が出て燃え広がりました》
《長男はどうして家にいなかった？》
《あの子は児童神楽団に入とって、あの日は週に一度の練習日でした》
確かあの日、訊き込みを終えて仁万駅に向っていると笛と太鼓の音が聞こえていた。あれは神楽の練習だったのだ。
《それも頭に入れての犯行か。残酷な女だ――》
《兄を殺すと決意した時、私は夜叉になると決めました。千恵と長女を殺しておかんと安心できんかったんです》
槙野に感謝だ。よくぞ松下千恵の不倫に気づいてくれた。
《杉浦の父親の遺骨はどこに隠した？》
《同じ墓地にある墓に――》
「全ての元凶は桑田だな」と楢本が言った。「あいつさえいなければ、自己破産していたとしても、杉浦も大畑幸子も犯罪に手を染めずに済んだろうに――」
「同感です」

《最後だ。どうして杉浦は、長女も保険金の受取人にしなかった？　血が繋がっていたんだろ？》
《できるわけないでしょう。長女に金を残しても、千恵が使うのは目に見えとりましたけん》
自分を裏切った女に贅沢なんかさせるか、ということか——。

＊＊＊

十二月二十七日　水曜日——

有紀は五十嵐奈美恵の自宅近くで車を止めた。どうしても彼女に確かめたいことがあるのだ。それと、彼女が訪ねた鶴見のマンションに住む男性についてだが、陶芸教室の講師であることが分かった。彼によると、奈美恵は割れた大皿を持ってきてこう言ったという。『うっかりして主人が作ったこの皿を割ってしまいました。修復をして頂けませんか』と。あの時、修復した皿を受け取りにきたそうだ。奈美恵がどうしてそんなことを依頼したのか？　その理由も尋ねるつもりである。

少し歩いて門扉のインターホンを押すと、奈美恵が応対に出た。

「警視庁の東條と申します」

《またですか？　謝罪ならもう結構です》

昨日、警察幹部が謝罪に行って、平謝りしたと聞いた。まあ、それは当然だ。奈美恵は全ての事件と無関係だったのだから。

「今日は個人的なことでお伺いしました。どうしても解けない疑問が一つありまして――」

少し間を置いて、《お待ち下さい》と返事があった。

玄関ドアが開き、彼女が門までくる。

まず、手土産のどら焼きを差し出した。女性だから甘いものが好きだろうと勝手に決めた。

「受け取れません」

「まあ、そう仰らずに。ほんの気持ちですから」

半ば強引にどら焼きを渡した。

「それで、疑問って？」

「あなたが車のスマートキーを使っていないことです」

「なんだ、そんなことですか」

彼女の口元が微かに緩んだようだった。

4

二〇一八年　一月十八日　木曜日――

東京地裁の地下にあるダーリントンホールに足を踏み入れた槙野は、こっちに向かって手を振っている東條を見つけた。金一封を受け取りにきたのである。銀行振込だと麻子に横取りされるから現金で受け取ると伝えたのだった。

ウエイトレスにホットコーヒーを注文し、東條の正面に座った。

早速、金一封を受け取って領収書を書く。

東條が、取り調べの様子を話してくれた。

「ほとほと悪知恵の回る女だな」

「呆れますよ。そうそう、仁摩診療所で裏を取ったんですけど、杉浦を眠らせた睡眠薬はハルシオンでした」

ハルシオンは、睡眠薬の中でも一番早く体内から成分が消え去る性質を持っている。

「大畑幸子は医師に、『眠れなくて困っているから睡眠薬を処方して欲しい。でも、身体のことを考えると、できるだけ早く成分が消える薬がいい』と話したらしくて――」

「だからハルシオンが処方されたのか。大畑幸子は死人を、いや、亡霊を殺したってことになるな」

「彼女が杉浦に譲渡したあの車は、亡霊の柩といったところでしょうか」

「杉浦も、あの車が自分の棺桶になるとは思いもしなかっただろう」

「それと、五十嵐奈美恵さんはスマートキーを持っていました」

「じゃあ、そっちの推理が外れたってことか？」

「その点だけは——」

「彼女がスマートキーを使わなかった理由は？」

「壊れてしまったからです。メーカーからも修理不可能と言われたらしくて」

「それなのに作り替えなかったのか」

「はい、面倒だからという理由で」

確かにスマートキーの作成は面倒だ。悪用されないよう、車の所有者が本人であることの証明は勿論、作成に最低でも三日ほどかかる。他に費用も二万円から三万円必要で、物によっては車体本体のキーボックスごと交換しなければならない場合もあるから、更に高額な出費となる。

「彼女の行動が、知らぬ間に大畑幸子にトドメを刺したってことか」

「奈美恵さんはこうも言いました。『この車は主人が買った車だから、動かなくなるまで乗る気でいる』って。杉浦は自分の棺桶になるとも知らずにタダで手に入れたんですけど、事実を奈美恵さんに伝えるわけにはいきませんから、『知人が安く譲ってくれるから』と説明したそうで——。もう一つ、夫に対する愛情の深さを感じさせる話がありました。彼女を尾行してある男性の存在を摑んだんですけど、その男性は陶芸教室の先生であることが分かりました。奈美恵さんは杉浦が作った皿を割ってしまったそうで、その修復を依頼したんですって。普通なら割れた皿なんか捨てるでしょうけど、杉浦の自作ということで大切にしていたんですね」

「杉浦が戸籍を乗っ取ったことを知る前のことか？」

「いいえ、知ってからの行動です。ですから杉浦、いえ、五十嵐靖男として出会った夫を本当に愛し、真実を知ってからも愛し続けているんだと思います」

真実を聞かされた時の彼女の胸中は如何ばかりだったか。夫は殺した相手に成りすまし、そればかりか他にもう一人殺していたのだ。

「杉浦はどうだったんだろう？　優しい夫を演じていたのか、それとも、本当に五十嵐靖男に成りきって全身全霊で奈美恵さんを愛していたのか――」

「さあ、どうでしょうね。尋ねたい気もしますけど、あの世までは行けませんから」

「奈美恵さんの籍はどうなるんだ？」

「近藤の籍に戻すことになるでしょう。夫は亡霊だったんですから」

「そうか――」

一連の事件で一つだけハッキリしたことがある。もしも奈美恵が涼風園の園長を家に入れて線香の一本でも上げさせてやっていれば、戸籍乗っ取りの事実はもっと早くに露見していたに違いない。園長がマルＡの遺影を見たはずだからだ。とはいえ、愛する夫からデタラメを吹き込まれたのだから奈美恵を責めることはできないか。

恐らく、真相はこうだ。杉浦が五十嵐靖男の生い立ちを知った時、涼風園の園長のことも聞かされたに違いない。五十嵐は、『母親同然、恩人』と話したのではないだろうか？そして杉浦は五十嵐を殺し、涼風園の園長の話を思い出して危惧した。『ひょっとしたら、涼風園の園長は探偵を使ってでも五十嵐を探すのではないか』と。だから、自分が家にいない時に涼風園の園長が訪ねてきてもいいように、妻の奈美恵に、涼風園の園長の非道を徹底的に吹き込んだ。

「話は変わるが、五十嵐さんの遺骨はどこにある？」

「無縁仏を集めた共同墓地だと思いますけど」

「どこの共同墓地か調べてくれねぇか。五十嵐さんの調査に関わったのも何かの縁だし、五十嵐さんのことがなければあの射殺事件の真相にも辿り着けなかった。両親の墓に入れてやりてぇ」

「元木に調べさせます」

東條が携帯を出して操作し、耳に当てた。

「……五十嵐靖男さんの遺骨がどこにあるか調べてくれない？　……うん。待ってる」東條が槙野を見た。「調べて折り返し電話するそうです」

それから十分ほどして東條の携帯が鳴った。

「……分かった？　……ちょっと待って、メモするから」

エピローグ

槙野が涼風園に足を運んだのは三日後の日曜日だった。

麻子に「ちょっと行ってくる」と告げ、ニコルにも「大人しくしとけよ」と命じて車を降りた。用事が済んだらドッグランに連れて行く。

後部座席のドアを開けて手提げバッグを持ち、涼風園の敷地に踏み入った。

玄関のドアを押し開いて「ごめん下さい」と声を張り上げると、すぐに園長が出てきて驚いた顔をした。

「槙野さん。どうなさったんですか？」

「お渡ししたいものがありまして」

「私に？　まあ、お入り下さい」

園長室にとおされ、振舞われたコーヒーに口をつけてから本題に入った。

「これをお渡ししようと思って」バッグを開けて骨壷を納めた装飾ケースを取り出した。

それをテーブルに置く。「五十嵐靖男さんの遺骨です。無縁仏の遺骨を集めた共同墓地に埋葬されていたんですが、昨日、引き取ってきました」

園長が驚いた顔で口に手を当て、「見つけて下さったんですね！」と言った。

「警視庁の知り合いに頼んで探してもらいました」

園長が遺骨ケースを持ち上げ、頬をすり寄せた。彼女の頬を涙が伝う。

「靖男君、寂しかったろうね……。苦しかったろうね……」

思わずもらい泣きし、槙野はハンカチで涙を拭った。

「槙野さん、ここまでして下さるなんて――。あなた方に調査を依頼して本当に良かった。何とお礼を申し上げればいいのか――」

「今回の調査で、私も過去の因縁にケリをつけることができました。お礼を言わなければならないのは私です」

「因縁？」

「まあ、いろいろとありまして――。そんなことより、五十嵐さんのご両親の墓も分かっています。もしよろしければ、これから納骨に行かれませんか？　私も立会いたいですし」

西東京市にある蓮華寺という日蓮宗の寺で、偶然、ドッグランから車で十五分ほどの距離だった。

園長が強く頷き、「着替えてまいります」と言って園長室を出て行った。

今回は何から何まで不思議なことばかりだった。バイオリニストの神谷千尋の紹介があったこと、調査対象者の五十嵐靖男があの射殺事件の犯人に殺されていたこと、そして新居の近くに五十嵐靖男の両親の墓があったこと。何か因縁めいたものを感じずにはいられない。

槙野は外で遊ぶ子供達に視線を向けた。児童施設に送致される子供はぞれぞれに複雑な事情を抱えているが、五十嵐靖男のような悲しい未来を迎えないことを祈るばかりだ。

解説——謎解きと怪談の融合を追求するシリーズの魅力

千街晶之

一九七〇年代、映像化・コミック化といったメディアミックスの流れとも連動して、横溝正史作品のリヴァイヴァル・ブームが起きたことがあった。因習に束縛された集落や旧家を舞台にしたおどろおどろしい惨劇が、名探偵・金田一耕助の推理によって合理的に解決されるその作風は、当時の「ディスカバー・ジャパン」キャンペーンとも共鳴して一世を風靡したのみならず、その後の国産ミステリの歴史に絶大な影響を与えた。

横溝ブームから長い年月が経った今世紀の作例に限っても、例えば小川勝己の『撓田《しおなだ》村事件 iの遠近法的倒錯』(二〇〇二年)、京極夏彦の『陰摩羅鬼《おんもらき》の瑕《きず》』(二〇〇三年)、島田荘司の『龍臥亭幻想』(二〇〇四年)、神津慶次朗の『鬼に捧げる夜想曲』(二〇〇四年)、小島正樹の海老原浩一シリーズ(二〇〇五年〜)、三津田信三の刀城《とうじょう》言耶《げんや》シリーズ(二〇〇六年〜)、大村友貴美の『首挽《くびき》村の殺人』(二〇〇七年)から『霧の塔の殺人』(二〇〇九年)に至る三長篇、麻耶雄嵩の『隻眼の少女』（二〇一〇年）、北山猛邦の『猫柳十一弦の失敗　探偵助手五箇条』（二〇一三年）、芦辺拓の『金田一耕助vs明智小五郎』（二〇一三年）などの一連のパスティーシュ、道尾秀介の『貘の檻』（二〇一四年）、遠田潤子の『冬雷』（二〇一七年）等々、横溝正史の影響を多少なりとも感じさせる国産ミステリは枚挙に遑《いとま》がない。また、仲間由紀恵・阿部寛主演の『TRICK《トリック》』（二〇〇〇～二〇一四年）など、TVドラマ界でも横溝風の設定を取り入れたものが数多く制作され、この傾向を一般に定着させていった。

　そんな伝奇的本格ミステリの世界に参戦した実力派作家が吉田恭教である。一九六〇年、佐賀県に生まれた著者は、二〇一〇年、第三回ばらのまち福山ミステリー文学新人賞に「変若水　月神の遺産」を応募して優秀作に選ばれ、翌年、『変若水《をちみづ》』と改題した同作で小説家デビューを果たした。

　『変若水』は、横溝正史風の設定と最先端の医療ミステリの骨格の融合という珍しい試みであり、厚生労働省の役人・向井俊介が探偵役を務める。彼は引き続き、『ネメシスの契約』（二〇一三年）、『堕天使の秤』（二〇一四年）、『背律』（二〇一六年）にも登場しているが、これらは同じく医療ミステリ路線ながら一作目の横溝調からは離れ、社会派テイストを強調した作風となっていた。一方で著者は、私立探偵の槙野康平と、警視庁捜査一課の刑事・東條有紀が活躍するシリーズを新たにスタートさせる。このシリーズの現時点での既刊は次の通り（すべて書き下ろし）。

1 『可視《み》える』二〇一五年十月　南雲堂
2 『亡者は囁く』二〇一六年九月　南雲堂
3 『鬼を纏う魔女』二〇一七年六月　南雲堂
4 『化身の哭く森』二〇一七年七月　講談社
5 『亡霊の柩』二〇一八年三月　南雲堂（本書）

医療ミステリの可能性を追求してきた向井俊介シリーズに対し、このシリーズはオカルト的な事件を扱うことが多いのが最も顕著な特色と言える。亡者・鬼・魔女などのおどろおどろしい単語が頻出するタイトルを見ても、シリーズの基調は明らかだろう。

もうひとつの目立った特色としては、主人公が二人存在することが挙げられる。まず槙野康平は、暴力団関係の事件を扱う警視庁組織犯罪対策部、通称「組対」の刑事だったが、ギャンブルが原因でサラ金の返済に困り、ヤクザに闇カジノへのガサ入れ情報を流してしまったため、懲戒免職となり、妻にも去られた……という過去を持つ人物だ。かつての上司でやはり元刑事の鏡博文から声をかけられ、現在は東京都中野区の「鏡探偵事務所」で探偵として第二の人生を歩んでいる。常に金欠状態の弁護士・高坂左京とは、仕事を進める上で持ちつ持たれつの仲だ。新しい妻の麻子は、槙野が刑事時代に情報屋として使っていた男の妻で、彼が抗争に巻き込まれて死んだ後、一緒に暮らすようになった。

もうひとりの主人公である東條有紀は、警視庁捜査一課第四強行犯捜査八係第二班に所属する刑事で、階級は巡査部長。無残な遺体を目にしたり、解剖に立ち会ったりしても表情ひとつ変えないため、本庁内には「捜一八係の鉄仮面」と揶揄する者も多い。それには理由があり、姉の恵が何者かに惨殺されたことがきっかけで、一切笑顔を見せないようになったのだ。性同一性障害で男性の心を持っているため、愛せるのは女性のみ。同じく性同一性障害の生田友美と交際している。凶悪な犯罪者への怒りは人一倍強く、ある連続殺人の犯人を正当防衛で射殺したことがある。

この二人の主人公が初めて出会うのが、一作目の『可視える』で描かれた事件だ。ある幽霊画を描いた人物を探してほしいと画商から依頼された槙野は、島根で画家の秋田を見つけ出すが、何故か秋田の怒りに触れ、追い払われてしまう。翌年、秋田が転落死し、槙野は再び画商から調査を依頼される。一方、東條有紀は連続猟奇殺人事件を捜査していた。二つの事件は全く無関係に思えたが、連続猟奇殺人事件の関係者と秋田のつながりが判明。互いの存在を知ることになった槙野と有紀は、協力して二つの事件の真相に迫ってゆく。

この物語で重要な役割を果たすのが、秋田が描いた幽霊画である。槙野を戦慄させるほどに迫真の仕上がりを見せるこの絵は、単に怪奇的な小道具であるにとどまらない。最終的に槙野は「幽霊や亡霊の類は信じなかったが、今回の事件でその考えを改めた」と述懐する。といっても彼自身が幽霊を目撃したわけではないけれども、少なくとも事件関係者はある種の超常的な現象を信じており、一連の事件はそのために起きたのだった。

本格ミステリにおいては、通常オカルト的な設定は、幻想的で不気味な雰囲気を醸成するための道具立てにすぎないことが多い。しかし一方で、ジョン・ディクスン・カーの『火刑法廷』（一九三七年）、ヘレン・マクロイの『暗い鏡の中に』（一九五〇年）、高木彬光の『大東京四谷怪談』（一九七六年）等々、本格ミステリとして綺麗に割り切れる構成でありながら、超常的な解釈も可能になっている作品も幾つも存在している。『可視える』もまた、その流れに属する作品となっているのだ。

引き続き、怪談＋謎解き路線を踏襲したのが二作目『亡者は囁く』である。いや、前作より更に踏み込んだ意欲的な試みと言っていいだろう。

槙野のもとにやってきた依頼人は、盲目の天才バイオリニスト、神谷千尋。二十五年前、ある旅館で彼女と相部屋になった深水弥生という女性の消息を知りたい……というのが依頼の内容だ。調査を進めると、弥生の恋人は四年前に殺害されていた。槙野は前作の事件で知り合った東條有紀に協力を要請する。

「前作より更に踏み込んだ意欲的な試み」というのは、怪談的な要素とミステリとしての骨格との絡め方についてである。前作の場合、幽霊画にまつわる怪現象は事件関係者の妄想と言ってしまえばそれまでとも言えた。しかし『亡者は囁く』における神谷千尋の体験には、幽霊の実在を前提としなければ解釈不能な部分が存在するのである。シリーズの基調を明瞭化した一作と言えるのではないか。

槙野が有紀に協力を要請した『亡者は囁く』に対し、三作目『鬼を纏う魔女』では通り魔事件で重体となった身元不明の女性の刺青について調べるため、有紀が彫師のことで槙野に問い合わせをする。やがて、鬼の刺青を背負ったその女性の身元が明らかになるが、四十九歳という実年齢からは考えられないほど若く見える理由はわからない。この奇妙な謎はやがて、富士の樹海で起きていた連続失踪事件と関わっていることが判明し、鬼畜のような所業を繰り返す巨悪の存在が見え隠れしてくる。

鏡探偵事務所に持ち込まれた依頼ではないこともあって、槙野の出番はかなり少なく、ある教団での潜入捜査など、有紀の活躍が全面的に繰り広げられる。前二作が怪談的・心霊的な恐怖を扱っていたのに対し、カルト教団を支配する一族の背景など、むしろ「伝奇」の色合いが濃い仕上がりである。本格ミステリ度が抑制気味な点も含めて、シリーズ中では異色作という印象だ。

四作目『化身の哭く森』は、「入らずの山」の禁忌を犯した大学生たちが次々と死んでゆく謎を軸として進行する。広島県の山奥で七年前に行方不明になった老人が、六年前に死んだ私立探偵に何を依頼したのかを再調査する槙野。大学生が母親を殺めて自殺したと見られる事件を担当する有紀。二人の調査が交錯した時、新たな屍が累々と積み上がる。事件の背景には、古《いにしえ》の日本で行われていた残酷な風習の存在があった。登場人物たちが共通して見る夢が事件解明の鍵になるなど、二作目までの怪談＋謎解き路線に回帰した印象の作品である。

では、最新作である本書『亡霊の柩』は、どのような作品なのだろうか。

『亡者は囁く』に登場した神谷千尋の紹介で、松本優子という児童養護施設の園長が鏡探偵事務所にやってきた。卒園者の五十嵐靖男が消息不明になったので確認してほしい、というのが依頼の内容である。すぐに五十嵐は死亡していたことが判明するが、それを知らされた園長が五十嵐の妻・奈美恵を訪れたところ、何故かけんもほろろに追い払われたという。五十嵐は車の中で熱中症で死んでいたが、奈美恵の最初の夫も五年前、同じような状況で死亡している。奈美恵は二人の夫の死によって莫大な保険金を手にしていた。しかも、最初五十嵐は整形して別人のように顔を変えていたと思われたが、実は奈美恵の夫として死亡した人物は五十嵐とは別人であることが判明する。これは戸籍の乗っ取りなのか。そして本物の五十嵐はどうなったのか……話が大事《おおごと》になったと感じた槙野は、東條有紀にこの件を伝える。有紀ら捜査一課が動き出し、新たな事実が判明する。五十嵐として死んだ男のＤＮＡが、二件の未解決殺人事件の現場で発見されていたものと同じだったのだ。しかもそのうちの一件――五年前に暴力団幹部が射殺された事件を担当する筈だったのは、他ならぬ刑事時代の槙野だった。

槙野にとって、不祥事で警察を放逐された過去は消せない汚点である。その際、暴力団幹部射殺事件の捜査を途中で放棄せざるを得ず、事件が迷宮入りしたことも、ずっと彼の負い目になっている。園長からの依頼は、そんな彼自身の過去に結びついてきたかたちとなった。贖罪の機会だと考えた槙野は高坂弁護士と一緒に、死んだ幹部の地元である島根県へと向かう。その島根では、松江市のホテルで漁師が刺殺されるという事件が発生していたが、この件も五十嵐と名乗っていた男の死と関連していた。島根県警との合同捜査のため有紀もまた現地に向かい、二人の主人公は島根で落ち合うことになる。

五年前の二件の未解決事件、奈美恵の二人の夫の死、松江市のホテルでの殺人に加え、六年前の遭難死や新たに起きた焼死事件までが絡んで、事件の構図は複雑を極める。このうち、殺害方法そのものに巧妙なトリックが仕掛けられているのは熱中症による死亡事件と、ホテルでの刺殺事件だ。熱中症による事故に見せかけるトリックは前作『化身の哭く森』でも使われていたが、本書ではまた異なる方法が発案されている。『可視える』の解説で横井司は向井俊介シリーズについて「吉田が創出するトリックの多くは、現代医学を背景とするものが多いだけでなく、自然死や事故死にみえるよう留意している」と指摘しているが、その傾向は槙野康平・東條有紀シリーズにも引き継がれているのだ。

このシリーズがこれまで好調に続いてきたのは、立場・職業が異なる主人公を二人用意したことがプラスに作用したからだろう。『可視える』で初めて出会った際、不祥事で警察の名誉を汚した槙野に対し、有紀は当然ながら反感を抱いていた。しかし、彼の人柄と真摯な仕事ぶりを知って、彼女は槙野への認識を改める。その後は、警察官と探偵それぞれの領分を補いあうことで、二人は名コンビと呼べる関係を築いてゆく。

殺人事件などの凶悪犯罪を捜査するには、一介の私立探偵である槙野より、国家権力を背負った警察官である有紀のほうが圧倒的に有利なのは明らかだ。しかし、幽霊画の作者探しや、二十五年も前にたまたま旅館で相部屋になった女性の消息探しなどといった案件に注力できるのは、私立探偵である槙野のほうだ。二人がそれぞれの領分を守りつつ、提供可能な情報は交換することで、事件全体の構図が次第に見えてくる。これは作者の立場からすると、二人の探偵役を上手に使い分けることで、どんなに複雑に入り組んだ事件であろうともわかりやすく解き明かせるし、またいかようにもヴァラエティに富んだ事件を書き分けられるというメリットになっているわけであり、シリーズの基本設定として秀逸な発明と言えるだろう。

本書の場合も、両者の息の合った協力関係が混迷を極める事件を次第に解きほぐしてゆく。槙野にとって、この事件が自身の過去に関する贖罪の機会でもあったことは既に述べた通りだ。一方、有紀はこの事件で、マムシと呼ばれる捜査一課八係第四班の班長・蛭田と合同捜査をすることになり、それぞれ島根に向かったが、手柄の独占を目論む蛭田は有紀と情報を共有しようとせず、単独捜査に走る。従って有紀も蛭田を出し抜くかたちで動かざるを得ず、両者の手柄争いが後半の大きな読みどころとなるのだが、被害者が泊まった部屋の不審な状況に蛭田が一足先に気づき、その後を追うかたちの有紀が蛭田の気づいたものにようやく辿りついて、鋭い推理により真相に到達するプロセスは、本書で最も本格ミステリの醍醐味に溢れている部分だ。巧妙なトリックを解明する面白さという点では、シリーズ中でも『亡者は囁く』の発火トリックの謎解きと並ぶのではないだろうか。

シリーズの今までの作品とは異なり、本書にはオカルトや怪談や伝奇の要素はあまりない。その意味で、従来の作品にあった横溝正史っぽさは、今回はあまり感じないかも知れない。だが、偶然の縁が幾つもの事件を結びつけ、すべてを解決へと導いた全体の流れは、やはり不思議な因縁に満ちている。その意味では本書の幕切れも、このシリーズらしい味わいを感じさせるのである。

さて、本書で槙野は過去にけりをつけることになるけれども、もうひとりの主人公である有紀には、姉の恵が何者かに惨殺された事件という過去が、まだ決着がつかぬまま残されている。シリーズのこれからの作品では、やはりこの件が扱われることになるに違いない。鉄仮面と呼ばれる有紀に笑顔が戻る日は果たして訪れるのか、シリーズの今後に注目したい。

亡霊の柩《ひつぎ》

2018年 3月16日 第一刷発行

著者 **吉田恭教**

発行者 **南雲一範**

装丁者 **岡 孝治**

発行所 株式会社**南雲堂**

東京都新宿区山吹町361 郵便番号162-0801

電話番号 (03)3268-2384

ファクシミリ (03)3260-5425

URL http://www.nanun-do.co.jp

E-mail nanundo@post.email.ne.jp

印刷所 **図書印刷**株式会社

製本所 **図書印刷**株式会社

検印廃止〈1-568〉

ISBN 978-4-523-26568-9 C0093

鬼を纏う魔女

吉田恭教 著

四六判上製　352ページ　本体1,800円＋税

この女は何者か？
なにゆえ冥界から解き放たれたのか？

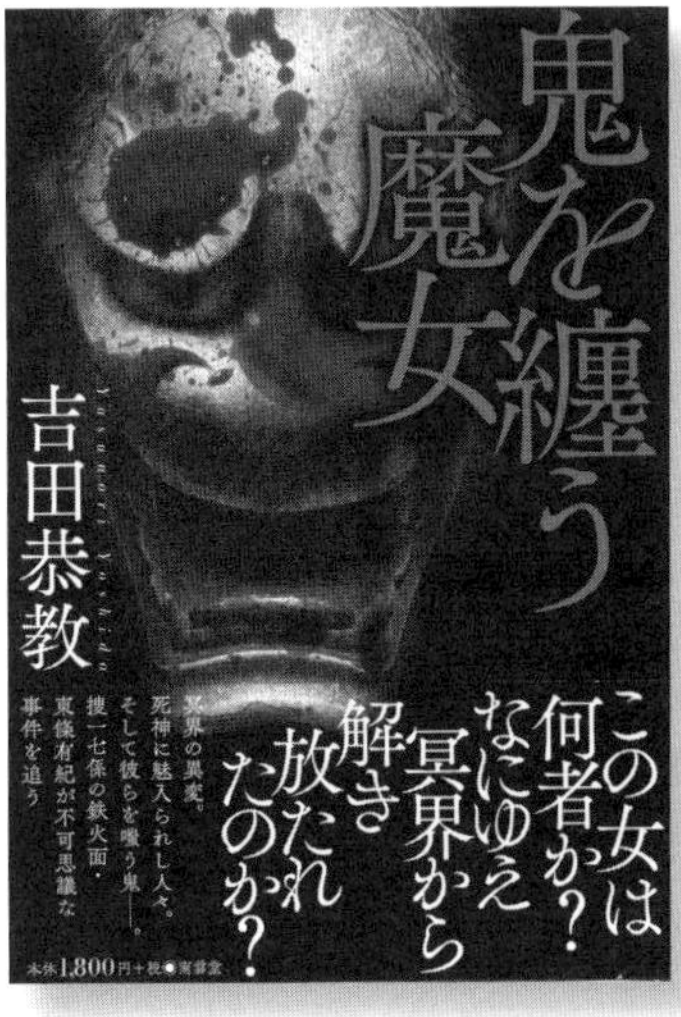

冥界に魅入られし人々を喰う鬼の謎を、
捜一七係の鉄仮面・東條有紀が追う。

渋谷区宮益坂で発生した通り魔事件に巻き込まれた被害者は四人、うち三人は死亡し、ただ一人生き残ったのは、乳房に般若の刺青を刻んだ若く美しい女性だった。しかし、意識不明となって生死の境を彷徨う彼女は身元に繋がるような物を所持しておらず、警視庁捜査一課の東條有紀は、被害者の刺青から身元の特定を試みる。そして彫師の情報を得て被害者の戸籍に辿り着いたものの、そこには不可思議な記載があった。